东北师范大学精品课程项目

普通高等教育规划教材

广告美术基础

广告速描方法论

王 均 著

黄也平 赵恺中 审

中国轻工业出版社

图书在版编目（CIP）数据

广告美术基础/王均著.—北京：中国轻工业出版社，
2008.8
普通高等教育规划教材
ISBN 978-7-5019-6421-5

Ⅰ.广… Ⅱ.王… Ⅲ.广告—设计—高等学校—教材
Ⅳ.J524.3

中国版本图书馆CIP数据核字(2008)第058509号

责任编辑：王　淳

策划编辑：王　淳　责任终审：劳国强　　封面设计：王　均
版式设计：王　均　责任校对：燕　杰　　　责任监印：胡　兵　张　可

出版发行：中国轻工业出版社（北京东长安街6号，邮编：100740）
印　　刷：河北省高碑店市鑫昊印刷有限责任公司
经　　销：各地新华书店
版　　次：2008年8月第1版第1次印刷
开　　本：889×1194　1/16　印张：13.25
字　　数：250千字
书　　号：ISBN 978-7-5019-6421-5/J·282　定价：42.00元
读者服务部邮购热线电话：010-65241695　85111729　传真：85111730
发行电话：010-85119845　65128898　传真：85113293
网　　址：http://www.chlip.com.cn
Email:club@chlip.com.cn
如发现图书残缺请直接与我社读者服务部联系调换
80049J4X101ZBW

开篇感言

我国市场经济的强劲春风，催生了广告学专业蓬勃发展。"当前全国除独立建制的艺术学院外，已经有2000余所高校开办了广告类本科"（高驰《中国高校广告学专业本科教学产业细分定位论》）。其发展速度之快是前所未有的。然而，与广告学专业飞速发展极不相称的是广告美术基础教育的相对滞后。这种滞后包括两个方面：其一是教学观念的滞后，其二是教材建设的滞后。

我们知道，广告学专业的培养目标是："通晓广告运动并具有一定广告美术设计能力的广告人"。这和美术学院培养"画家、设计师"的教学思路是不一样的。广告学专业的"广告美术基础课"的课时很少，其教学模式应是"短、平、快"。

本书正是在不失美术基础教学经验的前提下，吸取素描、速写、色彩等快速表现形式，用国内外优秀的广告作品中的静物、植物、动物、人物、展示等与广告密切相关的内容来取代美术基础的常规内容，并以此为主线贯穿全书。这种教学模式和教学方法，既能打消我们广告学专业学生学习美术干什么的顾虑心理，又能让我们在学习广告美术基础的同时，品味和感悟国内外优秀广告作品中的创意和设计真谛，为今后从事广告策划、创意、设计打下良好的广告形象观念和形式美基础。

《广告美术基础》共分八章。第一章，从广告与美术的历史渊源谈广告与美术的关系和广告速描概念的提出以及如何运用临摹手段，进行广告速描学习；第二章，学习广告速描应建立科学的学习观和"整体观察"、"形体结构"、"速描语汇"三种能力的培养；第三章，将速描的具体学习内容分成五节，"由静到动、由浅入深"进行学习；第四章，学习是为了表现，在列举平面广告和影视广告具体案例的基础上，探究速描在广告设计上的具体应用；第五章，从色彩的基本原理到色彩的"分解与归纳"再到广告色彩的构成，由一般到特殊，讲授了色彩知识和具体学习方法；第六章，彩色铅笔、麦克笔的速描表现方法；第七章，构图是研究平面广告物象的组合方式，理论与实例并举，让学习者直接体验构图在广告设计中的意义；第八章，学习是站在大师肩膀上的智力活动，因此研究大师的广告设计足迹，是提升我们智能的必由之路(本章仅列纲要)。

本书在撰写时本着"淡化理论，重视实践，在实践的过程中逐渐渗透理论，进而指导实践"的教学理念，准备了大量广告速描范例，以便学生临摹、实践。

本书虽然力争全面地系统地阐述，但也难免有"一家之言，一孔之见"之嫌。如有疏漏，敬请读者和同行不吝赐教！愿本书在推动我国广告美术基础教学向更科学更系统的方向发展方面有所贡献。

东北师范大学传媒学院广告学系

王 均

目录

第一章 夯实美术基础
服务广告创作

广告从产生之日起就和美术血脉相通，虽然今日广告已经发展为独立的学科，但这并没有改变美术与广告的关系。本章主要讲两方面的内容：其一，从历史的渊源论述广告与美术的关系；其二，针对广告美术基础学习的特殊规律，提出"广告速描"这一概念，并以此概念统领全书。

第一节 美术与广告

一、美术是广告设计的基础

美术意为：美的艺术，它是英语(the fine art)解释过来的。美术包括：绘画、雕塑、建筑、工艺等视觉艺术，这当中就包括"广告"（只是那时称广告为：招贴、宣传画、海报）。因此，广告从产生之日起就和美术有着千丝万缕的联系。过去和现代的许多广告设计名家均出身于美术工作者，例如：国外的克里姆特、比亚兹莱、谢雷特、格利特、劳特雷克、毕加索、安迪·沃霍尔、冈特·兰堡、霍尔得·马蒂氏等；国内的杭稚英、金梅生、叶浅予、靳埭强、林家阳等，他们都是当时或现代著名的广告设计师，非但如此，他们都在各自的绘画领域取得了非凡的成就，有的甚至是某一画派的领军人物。

《EVIAN纯净水》广告速描

EMINM KIM BASINGER BRITTANY MURPHY MEKHI PHIFER

NOVEMBER 8

电影《8 MILE》广告

二、美术基础训练的重要性

广告从产生之日起就和美术结下不解之缘。没有美术的视觉广告既不可能产生昔日的"告知"，也不可能产生今日的"说服"。因此，毫不夸张地讲，美术是广告设计的基础和前提，美术的规律和方法是视觉广告传达的基本原则和高超境界。

美术对视觉广告传达的决定性作用，是不容忽视的。广告学专业把"美术基础"设为大学第一学期的必修基础课，也足以显示美术在广告学中的重要性。

广告学专业的学生，只有认真学好这门美术基础课，才能为今后从事广告设计，乃至广告策划、创意、文案奠定基础。因为美术基础训练，不仅仅是在画纸上画画线条、铺铺色彩调子等技巧性训练，它还是对画者整体的观察能力、缜密的分析能力、逻辑的思维能力、高尚的审美能力的全方位提高的训练。而这些能力的培养对于今后其他学科的学习是至关重要的。

第二节 广告速描的概念及特色

一、广告美术的继承与创新

通过上述分析，我们知道了美术在广告中的重要地位，也知道了美术对于广告学学生的重要性，那是不是说广告学专业就可以原封不动地照搬美术教材和教育方法呢？回答是"不能！"

因为美术学院和广告学的培养目标是不一样的。目的的不同意味着手段的不同。我们既不能原封不动地将美术学院的美术基础的教学形式和教材搬到广告学专业中来，因为广告学专业的基础课课时少，使其难以施展；也不能简单地将美术基础教材之前冠以"广告"了事，因为科学的广告学美术教育应是在适合广告学教学特点下，再构广告美术基础课框架，将相关的广告学内容融入其中，让我们进入真正的广告美术学习状态，进入学有所感、用有所知、再学有路的"广告美术基础"学习境地。

rock music

《英式摇滚》广告速描

太풍
TYPHOON

电影《台风》广告速描

二、关于广告速描概念的提出

广告速描的概念，是取美术"速写"中的"速"和"素描"中的"描"合并而成，意为：快速准确描绘广告之意。

在本书中运用广告速描的概念，原因有二：

其一，关于素描和速写的概念在美术中，一直没有一个准确的界定，而广告美术基础课课时短，既没有时间也没有必要把课程训练分得那样细。同时将广告速描放在广告美术基础课这个大环境下来点明它的宗旨，即用广告速描的训练手段和方法来完成广告学美术基础课的任务，以避免误解和歧义。

其二，由于现代写实喷绘和电脑被广泛应用到广告设计制作中来，以往设计人员的重复性劳动已被现代科技手段所取代。

广告设计人员再也无需像美术院校学生那样，进行过分的美术基本功训练。因而，对于我们来讲，只需要根据广告策划、创意和广告诉求，将创作出来的视觉图形和设计方案准确快速地"速描"下来，并通过电脑、扫描仪、打印机等现代化设备，设计出合乎要求的广告作品来，便可完成广告设计任务。这便是本书提出广告速描这一概念的最终目的和意义。同时将广告速描这一概念，作为一条学习主线，将各个章节串联起来贯穿始终。

电影《浅蓝深蓝》广告速描

GRIDIRON GANG
ONE GOAL, A SECONO CHANCE.

电影《重振球风》广告速描

三、广告速描的特色

根据广告学专业学生学习美术主要以临摹品味为主的教学特点，以及广告学专业的特殊性，广告速描在撰写时吸取了美术中的素描、速写、色彩的快速表现形式，摈弃了美术教学中的几何形体、静物、人物等常规的内容，取而代之的是用速描形式表现下来的优秀广告作品中的静物、植物、动物、展示、人物等与广告密切相关的内容。

这样既能有效地打消广告学专业学生学习美术干什么的顾虑心理，又能让广告学专业学生在学习广告速描的同时，还能从形式到内容去品味优秀广告作品，从而为今后从事广告策划、创意、设计打下良好的广告形象观念和形式美基础。这便是广告速描的特色。

Reduce las líneas y arrugas
hasta en un 50%
Diminish
Tratamiento Anti-Arrugas con Retinol*

ESTĒE LAUDER

《DIMINISH化妆品》广告速描

第三节 广告速描学习应遵循的规律

在学习方法上，广告速描和美术并没有本质的区别，只是广告速描是根据广告专业的特点，把美术学院教学中的四写（写生、速写、摹写、默写）的学习顺序，在广告速描中做了一下颠倒和某种强调。广告美术基础教学的课时相对于美术学院美术基础的课时要短得多，没有时间也不可能花过多的时间去完成四写要求，同时广告学专业的最终培养目标，也决定着这种学习方法是完全不必要的。而美术四写中摹写、速写的教学方法对广告学专业的学生尽快入道和熟练掌握广告速描，却是十分重要的。

同学们在学习广告速描时应遵循其内在的规律，因为只有这样我们才能真正踏上广告速描学习的坦途。

《美国老品牌帆布鞋》广告速描

一、临摹学习的方法和规律

谈起"临摹"，人们会自然而然想到美术学习，因为临帖摹画是美术学习的常态。但谈到"模仿"的学习方法，恐怕所有人都不会陌生。在这里"模"和"摹"均是"仿效"之意，也就是照着样子去做。可见临摹并不是美术学习独有，它是从人类长期的社会实践中总结出来的行之有效的无师自通的学习方法。

孩提时代，我们就和"临摹"结下不解之缘。有了临摹，我们学会了鸟兽的鸣叫，学会"爸爸，妈妈"等日常用语。

学生时代，由于临摹我们学会了语言、文字、写作；数学、物理、化学等。

走入社会，由于"临摹"和"模仿"，我们能把学校根本学不到的知识学会，并融会贯通到实践之中。

人们熟悉和喜爱的我国著名"月份牌"画家杭稚英先生，就是在临摹和研究其前辈郑曼陀先生的作品基础上，独成一派的。如今，当我们翻开月份牌广告作品《人面桃花相映》时，那既有中国传统的笔墨丹青，又有西洋风格的精美作品，就是出自杭老之手。在这些作品中我们再也找不到郑曼陀先生的影子。

ETERNITY

Calvin Klein

fragrances for men and women

《Eternity男女对香香水》广告速描

《化妆品》广告速描

（一）临摹需掌握的方法

1．品临

品临带有品味之意。就是在对临和意临之前，应对临本做全局的品味和琢磨，即："一把、再寻、三看"。

一把，宛如医生把脉，首先要把握住支撑该作品创意的理论是什么。这是全面理解品味广告作品的钥匙。例如:李奥贝纳广告公司其广告的理论主张是"与生俱来的戏剧性"，该广告公司的广告作品均带有"戏剧性"的明显特征。

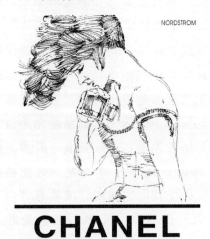

《CHANEL化妆品》广告速描

再寻，就是寻找该作品的创意点是什么。广告的创意点是广告的中心内容，它往往左右广告形式的采用，正所谓"内容决定形式"。

三看，就是顺着创意点，一看图形、二看色彩、三看构图。一看图形，看看其图像是写实的还是写意的，是抽象、具象的还是意象。二看色彩，是重托轻还是轻托重，是明度对比、纯度对比还是色相对比。三看构图，构图是广告的具体呈现形式，它是视者的首次感受，理应耐心品读。对具体的构图品味要注意图形之间的比例关系。上述三看对于初学者未必能一下子做到，这需要一定的积累。但有一点是可以做到的，那就是抓"大的感受"，并把这种感受带入对临之中。可见品临是对临的前期准备，对临是否准确，取决于品临是否到位。

电影《梦之安魂曲》广告速描

2．对临

对临是在品临的基础上，在对所临之作全面细致了解之后，利用色彩、素描、速写等表现形式将其精神实质和特色描绘下来。（一般而言，对临是采用美术中的某一种表现形式进行临摹，而非原作品的全貌再现。）

对临尤其适合于初学者，对临之前要注意情绪的把握，要把身体的各个细胞全部调动起来。这时，你的头脑所想的不应是"具体线、面的得失，而是如何把你品临时的所思、所感、所悟表现出来。"笔不要停，意不要断，要一气呵成，一挥而就。只有这样，方能把你品临时的所思、所感、所悟淋漓尽致地表现出来。

画完之后，最好将所临之作和原作比较一下，找出差距从头再来。上述的对临方法确实不是一日之工所能掌握的，它是长期积累的结果。故初学者应有"画不惊人，死不休"的精神准备，同时还需有不怕失败的反复性的技法操作，只有技法性操练娴熟过关，才能实现展示个性化的可能。实虚有致、色彩合意、黑白疏密、相得益彰，只有通过反复实践才能理解把握。

电影《指环王》广告速描

3．意临

意临则是临摹的高级阶段，基本上是脱离原摹本的形式局限，融入自我理解。如果说形临只是临者和原作者形式上的交流，那么意临就是临者的一种感悟，它是临者与作者心与心之间的交流，心与心的沟通。这里的交流和沟通不仅是作品形式上的感悟，更是研究作者的精神实质和创意动机所在。说到底，意临是临者自我才情的展露，这也正是未来的创新契机。意临是临者长期学习不断感悟、不断砥砺和锻炼的结果，从形临的"谨守规矩"逐渐到意临的"遗貌取神"。我们反对以意临名义歪曲原作的行为。遵从原貌、形神兼备，是意摹的要旨。我们对临本和"大师"精神境界的理解是从笔底自然流出的，而非东施效颦式的卖弄。

临摹的意义可用一句话来概括，即"带着镣铐跳舞"，在规矩中寻找自由，正如起飞的战机在笔直的跑道上行驶，在此必须要"循规蹈矩"才不会翻车。临摹是一个以苦为荣以苦为乐的差事，需要反复不断重复性地操作，树高万丈非一日长成，必须要有"踏破铁鞋无觅处"之精神，才能有"得来全不费工夫"之收获。临摹看起来是死功夫，但只有具备一定的积累，才会有战机腾空飞跃翱翔于艺术之空的成功。

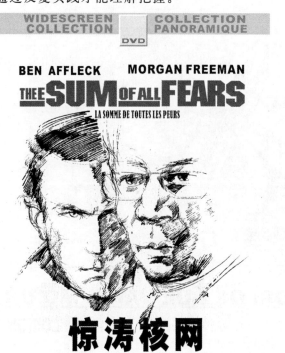

（二）临摹应遵循的规律

通过一个阶段的反复临摹，学生们的造型意识、观察方法、表现能力都得到了初步发展和提高，基本上完成了由不会画到会画画，由被动临摹到主动表现，由线性观察到整体观察的转变，能较为准确熟练地临摹作品。这时应不失时机地转入对照原作"写生"阶段。

写生着重研究的是观察方法和表现手段的演变过程，而临摹着重研究的则是观察方法和表现手段的最后结果。学生们可以参考"临本"去"写生"原作。把临摹所学到的观察方法、造型手段，到写生之中去验证，并在写生的过程中得到进一步巩固和提高。通过原作写生使学生们彻底理解临本中的作者是怎样观察如何表现的；通过临摹和写生的交替训练，使学生们对广告速描造型的基本规律有了透彻的理解和熟练的掌握，从而在今后表现各种对象时，可以驾轻就熟，得心应手。

这一阶段我称之为"兼临代写"。通过写生，我们会找到临摹中的不足，并在此基础上进行新一轮临摹。在"临摹—写生—临摹"的反复学习过程中，学生们对造型艺术就会有了感性到理性的飞跃，真正品味到如何去观察和塑造形体，如何去把握形体结构等诸要素。

《NAVARRA酒》广告速描

《艾纱的化妆品》广告速描

二、临摹学习必备的心态

临摹是站在"大师"的理论和实践高点，借用"大师"的智慧，以迅速提升自己理论和实践水平的学习方法。它是创新的前奏，是自我实现的前夜。因而临摹时要有"悟道"平和的心态，要调动肌体每一个细胞，眼到、手到、心到。在此，"心到"最关键。要用心去"感悟"、去"体验"，那种"无心无意"或"三心二意"是不可能"悟道"得真经的。

（一）"四心"到位是临摹应有的心态

临摹的心态具体而言，可用"四心"来概括：信心、静心、细心和耐心。

（1）信心。是事业成功的基础。信心如同信仰、信念，信心如同挖掘机，它能把人类的潜能挖掘到极限。有了信心才有伟大的目标，才能造就出伟大的毅力。有了"雄心壮志"，你才能为其付出巨大努力。

（2）静心。是说保持平常心态，平心静气地临摹，切忌急功近利和急于求成，要甘愿寂寞，耐得住寂寞，这样才能更好、更快地入"悟道"之境。临摹从某种意义上来讲，可以看成是有凭据式创作，每一次临摹时都要静心感悟其中的得与失，主动找出差距，为下一次再临摹铺平道路。

《MAGNO冰酒》广告速描

（3）细心。细心品读之意。读图、品图、比较，尤其是一些细节问题要注意。因为临摹与吸收应用，均在于一些富有个性魅力的能展现"大师"技巧的细微之处，对细致入微处要心领神会，临摹就是留心这些细节，对照原作，在对比中发现不足所在，方可不断进取。

（4）耐心。有两层含义：一是要树立持之以恒的临摹观点，切忌朝秦暮楚。二是在具体临摹中，对某些作品临摹理解要有反反复复的过程，始终都要抱有好奇感、新鲜感去耐心临摹。一定要耐心地坚持一段时间，只有这样才能峰回路转，"柳暗花明又一村"。通过耐心的临摹你会感悟到一些不同以往的新东西，而每一次进步都有所不同，它都是在不断否定和超越自我中升华。

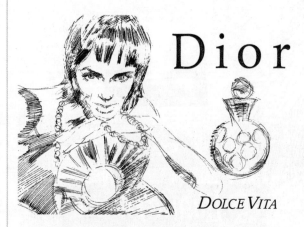

《迪奥香水》广告速描

《名奇妆品》广告速描

（二）"自我比"是临摹必需的心理

由于我们接受和反映问题的能力存在个体差异性，因此反映在广告速描学习上也各不相同，当然会有快有慢。这时候有些学生可能就要出现心理波动，就会盲目地追赶画得好的同学，而打乱自己的绘画步骤，使自己的画功亏一篑。面对自己画得"不成功"的广告速描，一种不自信的心理就会产生。此时此刻，要及时地提醒自己，这种接受上的差异性是一种正常的现象。要摆正心态面对现实，不要和别人比，要自己和自己比。让自己的今天和自己的昨天比，在有困难时要看到自己的成绩，从而激发"心理动力"，增强必胜的信心。同时还要加强团队精神，经常交流，因为当我们把领会的知识叙述给别人的时候本身就是进步。

《松岛菜菜子化妆品》广告速描

"A FRAGRANCE SENSATION"

"A SPARKLING LOVE STORY"

"WONDERFULLY ROMANTIC"

STARRING AMBER VALLETTA

Elizabeth Arden
Splendor

SOMETIMES THERE'S A MOMENT WHEN EVERYTHING COMES TOGETHER.... A MOMENT OF SPLENDOR

APPEARING AT RICH'S, LAZARUS, GOLDSMITH'S STERN'S

《化妆品》广告速描

三、临摹学习的"催化剂"

"治学之道，勤者进，惰者退"。信心有了，方法懂了，方向明了，接下来就在于勤奋学习，多画多练。画家徐悲鸿先生曾经让他的学生把第一千张素描拿来给他看，可见勤奋的重要性。勤奋是在"不会到会、由不会画到会画画"转变过程中的"催化剂"。我们当中有很多人都是以优异的成绩进入大学的，反思一下这是为什么，不就是经过认真学习刻苦训练得来的吗？这是什么？这就是勤奋！"有了勤奋，国家兴；有了勤奋，学业成"。只要认真学习，刻苦训练，我们定会走出无知的沼泽，踏上成功建业的坦途。

练习题：

1．为什么说美术是广告设计的基础，美术是广告视觉传达的重要手段？

2．广告速描学习应遵循哪些规律？

3．临摹的心态和方法是什么？

seek a True WORLD BEER

《喜力啤酒》广告速描

LANDS' END
DIRECT MERCHANTS

Cool off with the airy knits, the splashy swimsuits, the refreshingly frendly service of lands' End.

62 exciting new products inside!

《LANDS' END》广告速描

第二章 树立科学观念
培养三种能力

　　本章主要讲的是:培养一种观念、三种能力。一种观念即:建立科学速描学习观;三种能力即:正确的整体观察的捕捉能力、合理形体结构的理解能力、丰富的速描语汇表现能力。这一种观念三种能力的培养从始至终贯穿于广告速描的全过程。

第一节　建立科学速描学习观

　　我们绝大部分同学在学习广告美术之前,都曾经信手拈来地画过几笔卡通。 那时,我们总以为画画是自己的天赋,是与生俱来的,且不是任何人都可以学会的!事实上,这是一种误解。人类从拿起工具在岩洞中画图祭祀发展到绢上作画抒情;从宣纸上挥毫泼墨来彰显个性到如今形成画种齐全、各种流派争奇斗艳的视觉艺术,绘画专业已经发展为一门独立的科学。既然是科学就是可以被感知的,就是有规律可循的。

　　如今,我们要拿起画笔去学习从美术分支出来的广告速描这门学科,首先应该做到的就是"有法可依"。这里的"法"就是方法、技法及基本规律和法则。广告速描的基本学习规律就是一个"无法—有法—无法"的演变过程。这个学习的演变过程有两个"无法",第一个"无法"是无知之无法;而第二个"无法"则是胸中有法而不拘泥于古法之无法。正如清代画家石涛所言:"至人无法, 非无法也,无法而法,乃为至法"。所以刚开始学画的人必然要从不懂到懂,从不知法到知其法,这是学习的必由之路。要想知法就得向前人学习,向大师学习。前人之法,是前人画家从艺术实践中认真总结出来的,是他们艺术实践的结晶。正所谓"画不师古,如夜行无烛"。因而,知法遵法守法是初学广告美术的人首先必须牢

THE FINAL HUNT BEGINS
WESLEY SNIPES
BLADE
TRINITY
IESSICA　BIEL RYAN REYNOLDS

电影《刀锋战士》广告速描

记和做到[1]。

　　但大家一定要深知,法无定式应时而变。前人之法是过去特定的时间、特定的条件、特定的艺术实践中,得出的特定法度。任何一种绘画方式和技法,都是特定时代的产物。因此,学生们在学画技艺逐渐成熟之时,就不能一味摹仿前人的绘画方法和创作技巧,要注意广告速描的时代精神和风尚。学生们要善于"打破旧法,进入无法,再造新法"[2]。因此,只有从无法到有法、学法、用法,到无法再到创立新法,才是学习的正确之路。然而在我们初学速描之前还需做好知法、学法、用法,方能走进广告速描天地。

注释:[1] [2] 王拴君《美术教学三步曲》

第二节　广告速描三种能力培养

一、整体观察的捕捉能力

整体观察的捕捉能力，主要是对事物的观察、分析能力的培养。在广告速描具体实践中，只凭感情和感觉盲目地去仿效，必然有其局限性和片面性。因为"感觉到了的东西，未必能够立刻理解它，只有理解了的东西，我们才能更深刻地感觉它"。这种观察分析的捕捉能力的训练主要包括三个方面：其一是建立以"几何形"分析物象的方法，其二是"观察与分析"能力的培养，其三是情感与表现能力的培养。

（一）利用"几何形"概括物象

在美术学院传统的教育中，几何体写生被放在开始的最重要位置，其目的就是让学生们利用几何形体去理解客观物象。因为将复杂的客观物象理解为简单的几何形状是让绘画变得形象且通俗易懂。

我们眼前的客观物象，大到自然形态，

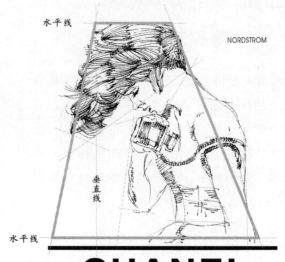

《CHANEL化妆品》广告速描

小到日常生活中的物品，千变万化不一而足。如果按照习惯性思维来描绘，是一件相当困难的事情。但是，如果把这些复杂的形态利用几何形体加以归纳分析，"去繁就简"，把它们划分成不同大小不同形状的面和体积，复杂的形态就变成显而易见通俗易懂了。

例如：高山峻岭和连绵起伏的山脉，我们可以用不同形状的三角形、正梯形加以概括；摩天大厦和各种建筑，我们可以用长方形、圆锥体、圆柱体以及各种几何形体的综合体加以概括；就是作为万物精灵的人类自身，我们也可以用椭圆体、圆锥体、圆柱体、正梯形、倒梯形加以归纳概括。事实上，不论是客观物象还是主观意象正是由于其内在的几何形的连续变化才形成了多彩的形态。我们只是把其内在的规律视觉化罢了。

我们如能熟练地掌握这种科学的观察和表现方法，就不存在我能画或者不会画之别。如果说你还会有不会画的物象，其问题的根源是你没有科学地掌握观察和表现方法罢了。

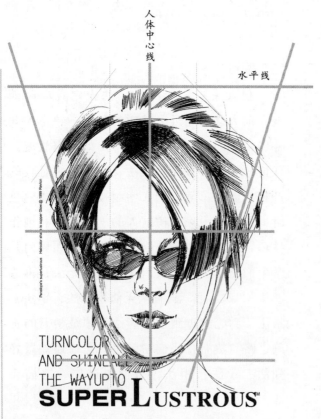

《SUPERLUSTROUS化妆品》广告速描

PIERRE BALMAIN

SWISS WATCHES

Probablemente el reloj mas
elegante del mundo

Elysées 64-83
Acero con Brillantes
P.V.P.Recomendado
173.500 pts.

Les Arabesques

CRISTAL DEZAFIRO.　SUMERGIBLE.　FABRICADO EN SUIZA

《PIERRE BALMAIN手表》广告速描

GIVENCHY
PRESENTS
LIV TYLER

Very
Irresistible
Givenchy
The new feminine fragrance

Very elegante,very fun,very you

《GIVENCHY化妆品》广告速描　　2007级广告专业 王小雨绘

（二）观察与分析

　　观察是指通过视觉感官有目的、有计划地对客观事物进行系统的感知过程。而分析是把感知到的信息进行归纳整理的过程，可见观察是感性的，分析是理性的过程。只有观察而无分析，我们就不能把感知到的信息上升到理性的分析，感觉到信息也只能停留在表象层面上。观察与分析方法说白了就是要求学生们建立整体的观察理念。

　　整体观察理念，是造型艺术的根本法则，只有整体感知才能整体落笔，才能杜绝看一眼画一笔的弊端。提倡整体观察理念，是极为有效地转变初学广告设计者原始的固有的拘泥于物象局部或细节的观察习惯，成为获得准确捕捉形象的重要途径。

　　一般地说，广告设计师与普通人的观察性质之差别，在于前者善于把握整体大形，而后者仅仅是局部的轮廓变化，他们的眼睛总是在观看形体的边缘，且看一笔画一笔，类似"拼图"似的延续下去。他们对于形的理解通常是平面的，局部的，表象的，线性的，而画出的也只能是支离破碎的形体，物象的整体视觉也消失殆尽。这种观看显然是违反整体造型原则的，也就无法达到准确描绘的目的，自然会影响造型能力的形成与增长。正如罗丹所说："切勿在轮廓上游走，要在体积上精思"[1]。作为广告设计师的观察，是对物象整体全局的统筹过程。观察与分析可分为四个步骤进行：

注释：[1] 沈琪 译 吴作人 校《罗丹艺术论》

KING ARTHUR

电影《亚瑟王King Arthur》广告速描

（1）对物象形态的观察。即：该物象是什么形态？是有机形态还是无机形态？是具象的、抽象的还是意象的。如果是多种形态组合，各个形态的特点和它们之间的比例关系，均需仔细品味和认真观察。大千世界万物千姿百态，但总是可以借用几何形体进行概括，看看它们属于哪类，进而概括理解，并通过比较找出它们之间的差异性。

（2）对透视关系的观察。即：该物象在视觉空间中是什么样的透视关系？是一点透视、两点透视、多点透视还是多种透视关系的组合？各种透视方法的特点是什么？

（3）对视觉语汇的观察。即：不同的视觉语汇具有不同特征。该物象在视觉语汇属于哪类？是点、线语汇还是块、面语汇？该语汇的视觉特点是什么？

YVESSAIN
SLR

Microsoft

《YVESSAIN》广告速描

COMBATFLIGHTSIMULATOR
Microsft flight Simulater Realism,Air Combat
Excitement.Relive the air batties of War II.

美国电影广告速描

（4）对色彩关系的观察。即：该物象整体上是什么样的色彩关系？是明度对比、纯度对比还是色相对比？是同类色、邻近色对比，还是对比色、补色对比？

以上四种观察方法概括起来是："先上下、左右，再前后、内外"的一种立体的、全局的、内在的，反复观察反复分析，充分做到胸有成竹。如此，才能便于我们更大范围地观察和分析物象，从而精确测定物象的形态和比例。当物象的整体印象贯穿于速描的始终，并在深入确定物象关系的过程中，始终把握其基本的脉络，这便达到了准确描绘的目的，也是观察与分析的意义所在。

Lo importante son los Detalles

OLIMPO

《OLIMPO》广告速描

Steel

《TVG手表》广告速描

（三）情感与表现

情感是艺术家创作的原动力。广告设计虽然不能等同于艺术创作，但情感在广告设计中的地位是不容忽视的，很难设想一个根本不能打动广告设计师自己的作品能打动受众心灵。正如罗丹所说："艺术就是感情"[1]广告设计创作是这样，广告的速描学习也是这样。当我们学习临摹一幅广告作品时，除了认真研究作者的各种表现技巧外，还应该透过这些技巧去认真体味作者创作这幅作品的真实情感。这情感既是作者创作的动机，也是作者采用这种视觉语汇的目的所在。如此一番品味、感悟、酝酿之后，然后蘸墨提笔一气呵成一挥而就，如果你的临作确实是表现了作者的真实情感，那么表现技法就在其中。但是这种情感式的表现方法确实不是短时间可以达到的，需要我们长时间积累。虽然如此，我们也要从一点一滴做起，尽量带着情感去临摹。通过一个阶段训练，你会发现有情感与无情感的临摹，所收获的成果是不一样的。因为情感统领表现，表现服从于情感的需要。情感是创意设计的助推器，有了情感我们会把无形变有形，会把无生命的物体，变成有情感的视觉形象。

注释：[1] 沈琪 译 吴作人 校《罗丹艺术论》

二、形体结构的分析能力

客观物象和形态，均有其自身的结构特点，认真学习和掌握不同形态的结构特点，对于我们准确认知和表现客观物象是十分重要的。客观物体的结构类型可根据其内在的属性和外在的形态分为两类：其一是骨架型物体；其二是积面型物体。

电影《加勒比海盗》广告速描

（一）骨架型结构

骨架型结构，顾名思义是由骨架搭建起来的结构，"它由主干部分和支干部分连接而成，支干部分通过一连串的关节系统与主干连接"[1]并形成了新的空间延展结构。同时骨架中的"骨点"在外部状态呈凸显状，将这些"骨点"用线连接起来，就是该物象的整体形态。

骨架型结构的物象，有两种形态：一是自然形态，二是人工形态。自然形态的物象通常是有生命的、生长的、运动的。例如：动物、植物和人类，他们体态匀称，活动自如。人工形态的骨架型结构物象，通常是指人造的机械，它们大多是按照骨架形体结构的原理制造而成。这类物象的外在形态，是由内在的骨架形结构决定的。它们也有其自身的"骨点"，将这些"骨点"连接成线，就是该物象的整体形态。我们在观察和表现这种形态时，应侧重于内在的构造和外部的状态和比例关系、方向感及空间状态的整体把握，才能做到整体观察。

注释：[1] 王中义，许江《从素描走向设计》

广告美术基础

《绝对伏特加》广告速描

（二）积面型结构

积面型结构：物质的属性不同，其呈现的状态各异。同时积面型结构,也有自然和人工之分。自然形态的积面型结构，通常是指：高山峻岭、蓝天白云、大江湖泊，它们通常是静止的、稳定的，具有块面状。其视觉形态不是庄重而充实，就是流畅而轻盈。人工创造出来的积面型结构，通常是指：人造的景观、器皿机械、建筑材料等。

积面型物象，虽然是由物质堆积而成，但其"内部却暗藏着简单几何形体的构造关系，并能通过轴线、剖面线、切线等来确定。这些线能帮助我们辨别物体看不见的一面，我们将上述线条称为结构线"。这些结构线，像屋脊般地支撑着物体的表面形态，同时由于结构线表现了特定的空间和透视关系，因而具有深度的性质。"当我们注意这种空间变化时，就能感受到该物体的实在积量"[1]。

注释：[1] 王中义，许江《从素描走向设计》

积面型结构的物象，其内部构造虽然是堆积而成，但在其外部所呈现的局部凸显状态中，仍有其骨架型结构的特点，即骨点。（骨点的提出似显牵强，没有骨架哪来骨点？不过该结构物象其外部所呈现的状态，确有骨点的特征。）就拿最具有积面型结构特征的"高山"为例，那连绵不断，峰回路转所形成的一个个凸显之状，不就是骨点吗！将这些骨点一个个连接起来，就是该高山的真实整体状态。

需要强调指出的是，所有骨架型结构物象均是由积面型结构物象组成。例如：自然形态的骨架型结构中的人物、动物以及人工形态的骨架型结构中的一些房屋建筑、器皿机械等，其内在的骨架、骨骼就是积面型结构。

总之， 一切物体不论是骨架型或是积面型，都是内在属性决定外在形态，并左右其外部形态的呈现。

A climber dangles above the abyss at the Gunks (p. 30)

从这些骨点的连线中，我们会清楚地看出该物象的整体关系，在具体操作时，我们未必要在骨点之间作连线，但你一定要这样观察和品味。

通过科学的分析，我们已经知道了物体结构的类型及其自身的特点。

骨架结构的分析："骨架结构分析主要侧重于我们对物象的动态、比例、骨点、透视、运动等方面的审视。在观察和分析这类物象时，应该注重其主干与支干、骨点与骨点，相互间的连接及其运动关系，并判断与把握各个结构部分的方向动势、比例和空间的性质"[1]。

积面结构的分析：积面结构的分析是在把握整体态势的基础上，明确各个部分组织的几何构造及其特征，通过物象构造的起伏关系的分析，来达到形体积面的表现。当物体的大的比例、动势、方向明确之后，准确的"结构线"就会设定出形体的几何框架，从而建立起物象真实的体量感[2]。

我们要在具体的物象结构分析上，根据不同的物象结构的特点，运用不同的分析方法，以达到有的放矢地运用法则之目的。

注释：[1] [2] 王中义，许江《从素描走向设计》

《分离派展览会招贴》1905年霍夫曼
（点的构成作品）

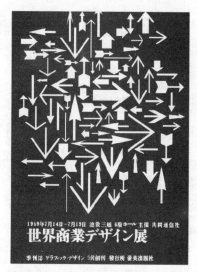

《国际平面设计展览招贴》
（日）田中一光　（点的构成作品）

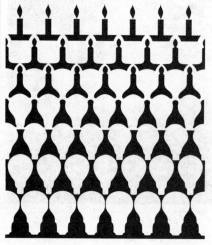

《 PHILIPS 》招贴（点的构成）

《对神秘现象的科学点》
1956年 艾察 （线的构成）

《绝对伏特加》招贴（线的构成作品）

三、速描语汇的表现能力

速描的语汇是无声的视觉语言，是广告快速表现形态的构成要素。主要是指：点、线、面、体、色、明暗、空间、透视等。在广告设计中，如能很好地利用这些要素，将使广告在诉求中更具魅力。因此，我们必须认真学习和掌握绘画语汇的构成要素的特点、功能及其表现形式。

（一）点、线、面

1．点的概念

点是最小的视觉元素单位，有大小、形状之别。点不仅是小的且多种多样，不同点具有不同的性格。点的大小、数量不同其视觉效果就不同。同样是一个圆，在不同的空间中具有不同的视觉效果。在大的空间中就成为点，在小的空间中就是面。点最重要的功能就是表明位置和视觉聚集，一个点在平面上，与其他元素相比，是最容易吸引人的视线的。

I AM DAVID
BELIEVE IN THE POWER TO CHANGE YOUR DESTINY.

电影《大卫的旅程》海报速描

电影《大卫的旅程》海报（线的构成作品）

2．线的概念

线是点的平行、旋转移动的轨迹。点的形状、轨迹不同，其线的形态就不同；轨迹宽则线粗、轨迹弯则线曲、轨迹直则线直、轨迹随意则线自由。线具有方向感和运动感，可以表达情感，限定形状，表现质地和描绘阴影等，不同性质的线具有不同的性格。

3．面的概念

点的扩大，线的移动的轨迹，就是面的感觉。面的形成有三种方式：线的包围、线分割和点、线的密集排列。面可以分为几何形和自由形两大类。

4. 点、线、面的表现

上述的点、线、面只是概念的定义罢了，速描中的点、线、面及其情感方面的表现，却是异常的丰富多彩。

就点、线、面自身来讲，它毫无情感可言，它只能随着艺术家和设计师的主观意念将其赋予具体的作品之中，方能产生或明或暗，或激扬顿挫，或娓娓动听，或简约明了直击主题，或疏密相间荡气回肠等不同的心理效应与情感表现。

JAMIE FOXX · COLN FARRELL

MIAMIVICE

电影《迈阿密风云》广告速描

图中形象是以线的疏密布局来表现黑白灰和虚实关系的，从而形成"疏托密、密衬疏"或"白显黑、灰助白"的艺术神韵。

IN THEATRES AND IMAX 30

电影《超人》广告速描

首先，"点"在速描中更多地表现为"聚散"。点的"聚集"将形成面的感觉，且随着点的数量的不断增加逐渐变暗。在速描中点的使用是对线和面的一种补充，能起到调整均衡画面和加强层次节奏的作用。

其次，"线"是速描中最普遍的表现形式，可以表现物象的轮廓和结构。"线"可根据其基本形态归纳为两大类：直线和曲线，并由此衍生出千变万化的线的不同形态。国画中的"十八描"就是最好的佐证。并由此衍生出千变万化的线的不同形态。国画中的"十八描"就是最好的佐证。

浅灰

中灰

白

深灰

浅灰

白

ROUGE
COLLECTION

Christian Dior

《迪奥女士香水》广告速描

图中形象由上至下"线"的浅灰、中灰、深灰、白、深灰、中灰、白的疏密安排，既突出了形象特征又产生了内在的节奏感。

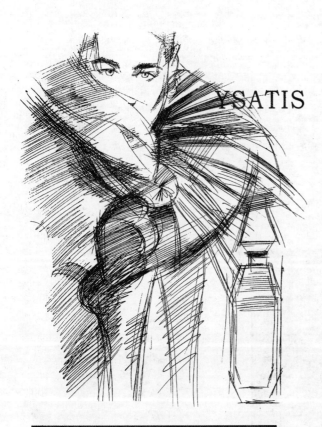

YSATIS

GIVENCHY

《GIVENCHY 纪梵希香水》广告速描

由于速描具有短时、概括的特点，常采用极具变化和表现力的线，作为自己的创作手段。"线"在速描中关键是把握线形态来表现性格与情感，根据作者的表现情绪和所表现物象的不同，来选择不同性格的线。

在速描中，"面"常以点的密集和线的疏密来表现。同时"面"以其形状的不同体现着个性的差异，"面"往往是与点、线相结合来表现以取得黑白张弛效果，从而得到对比、秩序、调和、均衡、节奏、韵律的画面感觉。

另外，点和线有条理的聚集与疏密还会在速描画面中，营造出黑、白、灰的层次感和节奏感。在组织"黑、白、灰"层次所采用的点、线等元素时，要注意其"点"的位置、数量；"线"的粗细、疏密等方面的布局和经营，使其所画的物象有一定的色调关系和节奏感。在此，无论是采取点线还是线面结合的造型方法，聚集与疏密关系的组织方式，均是取得画面丰富层次感、节奏感的关键之所在。

（二）明暗

　　谈到"明暗"我们会自然想到在日常生活中，有光线照射下的物体所呈现的状态，光线照射强则明暗对比强，反之则弱。广告速描中的"明暗"是指视觉艺术作品中，一个部分或局部的形象与另一部分或局部的形象因明暗上的差异而形成的一种对比关系或效果。广告设计师创作的视觉艺术作品，之所以能被我们感知和欣赏，是由于作品本身的形象与形象之间，具有的这种明暗对比关系所呈现的物理状态决定。因此没有明暗对比的视觉形象，既不能被我们感知更不能被我们欣赏。可见，明暗作为基本要素在视觉艺术中的重要性。

HARRY SALTZMAN, ALBERT R.BROCCOLI

电影《007之勇创神秘岛》广告速描

　　明暗的视觉语汇要素，在具体的视觉艺术中，不外乎是相互托显之用。不是"明托暗"，就是"暗托明"。如果是"明托明"或"暗托暗"就要注意其色差，否则将失去相托之意。

NICOLASCAGE
WINDTALKERS
"The Navajo The Code. Protect The Code At All Costs"

电影《风语者》广告速描

COCO, THE SPIRIT OF CHANEL

明暗反差大，对比强烈

Smirnoff Ice 广告

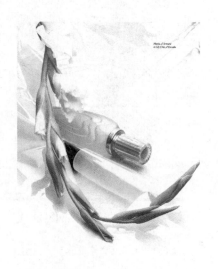

百合味道香水

《开封前请密封好》1962年 安迪·沃霍尔。作品采用面线结合的平面法创作而成。

所谓"立体"的表现方法又被称为积面法，这种方法起始于意大利文艺复兴时期。主要是当时的艺术家们在科学思想和透视科学的感召下，为了创造出来的一种客观"真实"的视觉效果而发明的一种表现方法。

当文艺复兴时期的艺术家们用明暗来创造一种视觉"真实"时，艺术作品中的明暗便与现实生活中的光线联系起来了。明处即是被光线照到的地方，暗处即是一个物体的背光处或是该物体的投影部分。艺术家就是通过明暗的变化来塑造客观"立体"形象和三维空间的。

由于这种立体的表现方法非常符合人们的视觉经验，因此，文艺复兴以后的几百年里一直成为绘画艺术的主要创作手段而被传承下来。

1．明暗的表现

明暗在视觉艺术中最广泛的用途是描绘和塑造各种形象，并且使形象与形象之间产生一种"层次"感，这种层次感依形态的不同而形成了两种不同的表现方法，即："平面"的方法和"立体"的表现方法。

所谓平面的表现方法，是广告设计师在运用明暗塑造物象时，不去考虑其物象的体积关系和立体感。仅通过事物本身的固有色和二维的空间属性，来描绘和塑造对象。这种平面的表现方法，是人类绘画史上最早使用的方法。我们只要稍微留意一下古代东方和西方的艺术作品以及西方的现代派绘画作品就可了解。这种绘画方法不被客观物象形式所左右，而是以艺术家的心灵感悟为前提。

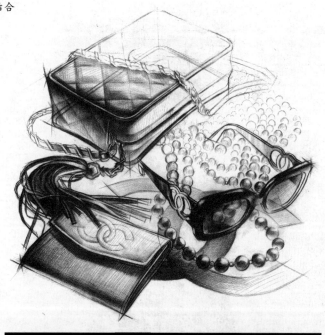

CHANEL BOUTIQUE: 155 MAIDEN LANE, SAN FRANCLSCO(415)981-1550

For information on CHANEL fashion, please call 800-550-0005

《夏奈尔品牌》广告

2．明暗的情感

在视觉艺术中，"明暗"不仅能真实地再现客观物象，同时由于"明暗"自身的微妙变化，使人们自然而然地和人类的喜、怒、哀、乐之情联系在一起。当然这种情感的变化和"明暗"在画面中的布局有关。当画面"明"多"暗"少时，会给人一种光明、轻快富有生机之感；然而当"暗"逐渐侵吞画面时，其情感也会由柔和、轻快向忧伤、抑郁方面转化；当"暗"全部吞噬画面时，一种惊恐、压抑、窒息的情感会油然而生。

Krizia.Rare presence.

《Krizia香水》广告速描

PAUL BETTANY IS SILAS

达芬奇密码

GO
FOR
GOLD
Ballantinies
GOLD
SEAL

《GOLD SEAL酒》广告速描

"明暗"的艺术性及情感表现和人类生活经验有关，它也是"明暗"艺术性表现的起源。例如："光明"给人类带来生命、生机、真实，因而人类常常把"白色"象征真、善、美、纯洁；由于"黑暗"与"光明"相对，常常与死亡、虚假、罪恶相伴；其黑色象征着假、恶、丑、死亡、虚伪、哀伤。当然这种人类的心理体验也因地域、民族的不同而各有差异，例如：白色在中国由于受到佛教"超度"之说的影响，丧家人在治丧时必须穿白衣、戴白帽、系白腰带以示悼念，这是中国人流传下来的民风习俗。而在西方情况则恰恰相反。在西方的婚礼上总是身披白色婚纱，给人一种圣洁、高雅的美感，象征爱情的纯洁、珍贵。

《NUGGET 鞋油》广告速描

电影《搏击俱乐部》广告速描

3. 空间

空间是物象存在的一种形式。视觉艺术作品中的空间概念有内外两层意思，例如：平面广告作品中主体物的结构内容，称为内空间；而主体物与周围物象的关系，称为外空间。广告作品既要着意于物象内空间的理解，又要着眼于物象外空间的刻画。因此，有些艺术家称视觉艺术为空间艺术，可见空间在视觉艺术中的重要性。视觉艺术的空间概念是多维性的。例如：平面空间（二维）、立体空间（三维）、多维空间。

（1）二维空间。在广告速描中按照透视规律，在二维的画面上运用光的明暗对比和色彩的冷暖变化，来塑造物象"近大远小、近实远虚"的层次感，造成真实可视的纵深效果，称为空间感。

在广告设计中设计师为了突出产品的真实性和优质感，常常在空间处理上花费精力尽可能使空间富有真实可信的说服力。

（2）时空概念。由于社会的发展和科学的进步，人们对空间的理解也在不断地升华。特别是1905年爱因斯坦的"狭义相对论"的提出，不仅成为了20世纪物理学中最富于革命性的学说之一，同时也从根本上改变了人们的静止的空间观念。在空间中纳入了时间因素并被后人称之为"时空"概念。如果说爱因斯坦是"时空"概念的提出者，那么著名画家毕加索于1907年完成的绘画杰作《亚威农少女》，就是"时空"概念的践行者。该作品彻底地改变了静止的空间概念，将不同角度、不同方向人物的各个形态，同时并置在同一画面空间之中。使这幅作品成为艺术史上的一个里程碑，并开创了后来被称为"立体主义"的重要绘画流派。

然而视觉设计大师们的空间想象远没到此结束，并陆续创造出了"意念空间"、"矛盾空间"等。

根据未来主义创作风格设计的耐克鞋广告作品

《矛盾空间》埃舍尔　　《意念空间》

《亚威农少女》1907年 毕加索

（3）意念空间（非现实空间）。意念空间主要是指超现实主义画派所倡导的空间观念，它是从物质存在空间转移到心理感悟空间的主观意念范畴，成为意识空间，使空间深度不在画面的形式上而在意识心理之中。例如在超现实主义绘画中，视觉大师们用引起错觉的超现实手法，制造非现实的荒诞、梦幻、离奇的意念空间。马格利特和达利的作品便是其中的典范。

（4）矛盾空间（错觉空间）。矛盾空间就是在画面上有意造成一种反科学、反透视规律的空间，大小比例失常，时间差异消失。从而吸引人的视线，在平面设计领域尤为常见。矛盾空间的制造者当首推视觉设计大师埃舍尔，他善于从数学思想中找到创作的灵感，他的作品中充溢着数学的理念。

206雪铁龙品牌汽车广告

DIESEL品牌广告

（三）透视

透视，是利用线条或色彩在平面上表现立体空间的方法。现代美术透视着重研究和应用的是线性透视，它具有完整的理论体系和作图方法。线性透视是14世纪意大利文艺复兴以来，逐步确立的塑造形体、再现空间的透视方法，是画家理性解释客观世界的产物。其特点是逼真地再现事物的真实性，它是美术透视的基础。

广告美术透视和美术透视既有相同点又有不同之处。其相同点是广告美术透视的理论及其画法，完全是承袭美术透视；而不同点在于，一些当代广告设计师巧妙地借用美术透视的一些原理，已达到有效的广告视觉诉求。我们应该认真总结并上升到理论上，以便同学们在今后的广告实践中加以借鉴学习。

1．透视的概念及术语

为了更好地研究透视的基本规律和法则，我们应首先要了解一下透视的相关术语，这些术语都有特定的含义，是在研究透视的过程中会经常遇到的教学用语。

（1）透视的概念。我们透过玻璃窗户，就可以看见外界的客观物象这就是透视。"如果把照映在玻璃上的三维物象绘制到二维平面上，其图就是所谓的"透视图"；其绘制方法就是透视画法。可见"透视"一词的含义，就是透过透明的平面，来观看三维物象的，从而研究该物象在空间中的状态。

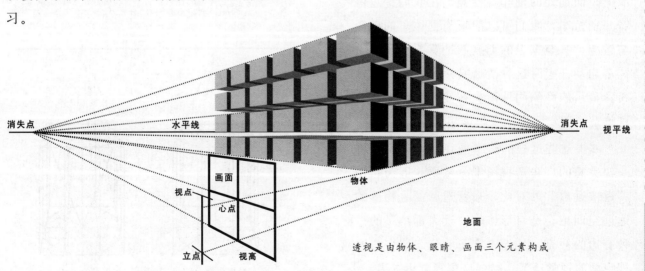

透视是由物体、眼睛、画面三个元素构成

（2）透视的相关术语。"透视是由眼睛、物象、画面三个部分构成的，所以有关透视的一些基本概念也就是围绕这三个要素来定义的"[1]。

画面：是指与地面垂直的一个透明的平面。

立点：画者在观察物体时所站立的位置。

视点：画者观察物体时眼睛所在的位置。

视高：视点到地面的垂直距离叫视高。

心点：视平线的中心点。

距点：物体与地面平行并与画面成 45 度角且消失在视平线上的点。

视平线：过画面心点的水平线即为视平线。

地平线：是地球表面与天空的分界线。

消失点：物体由大到小消失在视平线上的点。

2．透视的基本规律

（1）"近大远小"。"近大远小"是透视的基本规律，是我们现实生活中的具体体验。例如：两个大小相同的物象，离我们近的看起来要比离我们远的大一些[2]。

（2）"近实远虚"。物象的空间距离除了"近大远小"的透视规律外，物象的清晰程度上还存在着"近实远虚"的透视关系。对于这种体验恐怕我们每个人都有：春游观赏风景时会觉得近处的山、树等自然景观比较清晰，而远处的则非常模糊。在我们身边停着一辆轿车，我们可以清晰看见该车的色彩与造型，甚至车上的划痕都一览无遗，但当该车启动开走时这种清晰就逐渐被模糊所取代，最后隐隐约约地消失在我们视线之外。这就是"近实远虚"在起作用。

掌握这些透视的基本规律，对我们画好一幅完整的广告透视图十分重要，因为利用"近实远虚"的对比，来营造画面上物体的远近空间感，是对形体的"近大远小"的一种有力的补充，从而丰富了我们表现广告透视空间的视觉语汇，增强广告视觉诉求力。

3．方里求圆

利用正方形和立方体，来展示和理解透视的各种关系是一个行之有效的方法，其原因在于正方形和立方体，能把一些复杂形态涵盖其中，假如一个物体能融入到立方体之内，那么，我们就能利用立方体的透视分析方法，画出该物体的正确透视和形态。例如：球体、圆柱体、圆锥体均可利用此方法去理解和绘制。

注释：[1] [2]　李成君　《实用透视画技法》

《REMY MARTIN酒》 广告

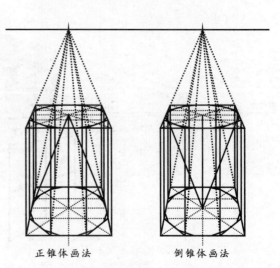

正锥体画法　　　　倒锥体画法

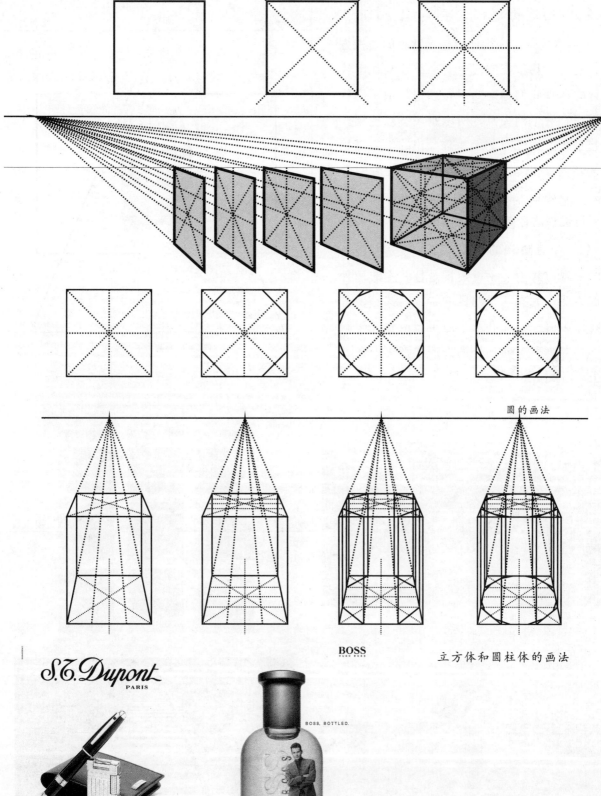

圆 的 画法

BOSS
HUGO BOSS

立方体和圆柱体的画法

S.T.Dupont
PARIS

BOSS, BOTTLED.

LE REFLET de LA PERFECTION depuis 1872

Para más información: ORFARLABO, S.A. C/ Isla de Java, 23. 28034 Madrid. Teléfono: 91 738 69 01

《ST DU PONT打火机》 广告　　　　《BOSS BOTTLE酒》 广告

从上图正方到圆的转变过程，我们可以
了解和掌握画圆的基本方法。事实上不仅规
则的圆是这样画的，不规则的圆也同此理。
只是不要忘记具体问题具体分析，根据具体
物象稍作变通即可。

4．平行透视

平行透视是广告设计中较为常见的透视方法，它是指物体在空间中有一个面与地平线平行的透视我们称之为平行透视。由于平行透视只有一个消失点，所以也叫一点透视。谈起平行透视没有美术基础知识的学生恐怕不太清楚，但谈起达·芬奇的《最后的晚餐》，我相信大家都知道。《最后的晚餐》是平行透视的经典范例。

（1）平行透视的基本特征。在透视图所有的表现方式中，平行透视是最基本的一种作图方法。它有两个明显的特征：其一，方形物体中有一个面和八个边平行或垂直于画面。其二，所有向远处消失的线都集中在心点上。

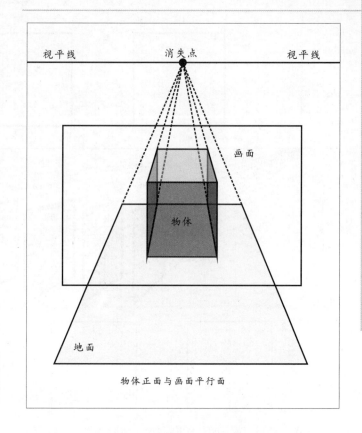

物体正面与画面平行面

《最后的晚餐》达·芬奇

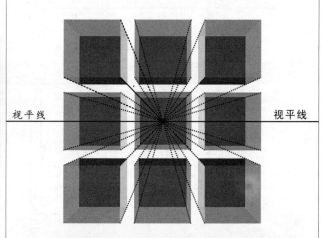

《瑞典宝路华手表》广告

《圣象地板之铁路篇》广告

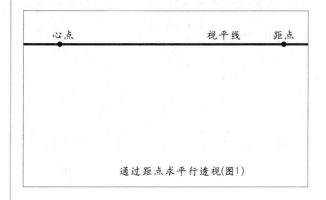

通过距点求平行透视(图1)

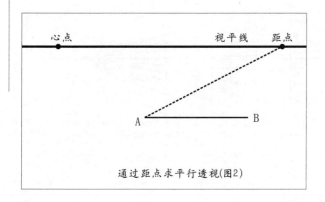

通过距点求平行透视(图2)

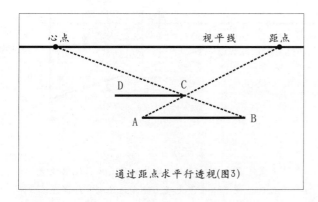

通过距点求平行透视(图3)

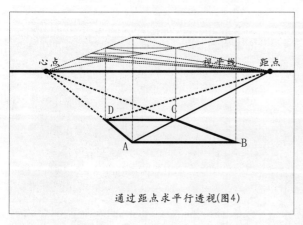

通过距点求平行透视(图4)

雪铁龙品牌汽车广告

（2）平行透视的距点求深法。我们画透视图的目的就是要在二维的平面上表现出有三维的立体效果，即画出物体的高、宽、深的透视关系来。在画面上，物体的高和宽是容易表现的，因为它们与画面是平行关系，而物体的透视深则要通过画面上的距点求得。

例如：我们要画一个正立方体的平行透视图，其方法是先画一个正方形的顶面：

先在画面上定出视平线、心点、距点等形成透视的基本条件（图1）。

任意画一条平行于视平线的线段AB，并定为正方形的一条边，连接A点相交于距点，即为正方形的对角线（图2）。

连接B点和心点，便形成对角线一交点C，线段BC就是正方形透视的深度（图3）。

连接A点和心点，再过C点作AB的平行线，交D点。正方形ABCD的平行透视便画成了（图4）[1]。

注释：[1] 李成君 《实用透视画技法》

室内展示陈设设计

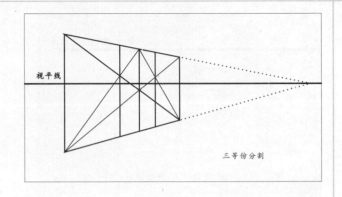

三等份分割

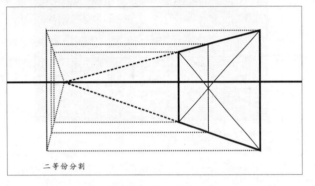

二等份分割

　　任意分割：连接对角线在垂线上任意划分等份，通过画消失线便可以在透视深线上任意分割。绘制完后可以作水平或垂直的延长线，一幅平行透视图便绘制完成。

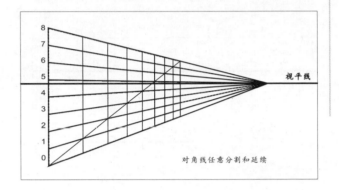

对角线任意分割和延续

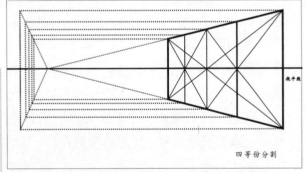

四等份分割

　　任意分割：连接对角线在垂线上任意划分等份通过画消失线便可以在透视深线上任意分割。

　　（3）平行透视的简便画法。在画平行透视图时，可利用对角线来划分空间距离。

　　对角线对称等分。

　　对角线任意分割和延续[1]。

注释：[1] 李成君《实用透视画技法》

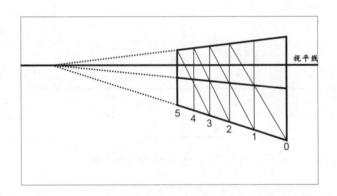

　　对角线任意分割和任意作延续：通过画出过垂线中点的消失线，便可以在消失线上任意延续相等的深度。

室内展示陈设设计

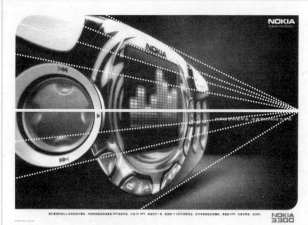

这是一副诺基亚3300音乐手机广告。为了表现"为音乐而生"的良好品质，其构图布局似一台音响，透视中所形成透视线，正好诱导视者视线直击广告语："效果跟音响差不多，诺基亚3300音乐手机"。

华硕品质坚如磐石广告

（4）平行透视在广告设计中的新用。透视规律是绘画艺术中的一门科学，其重点是讲如何在二维空间中来塑造三度的立体空间。在现代的广告构图设计中，设计师在正确利用透视规律的基础上，还经常巧妙地利用"消失点"和"透视线"来诱导受众的视线直捣广告创意主题，因而认真学习和总结这一规律，为今后的广告设计借鉴与创新是十分必要的。

"消失点"实际上就是表现客观物象的透视变化。在绘画中一旦准确表现出客观物象的时候，"消失点"就失去了意义。但在现代广告构图中，设计者常常巧妙地利用"消失点"来诱导视觉流程引出创意主题和标题语。

"透视线"是引导画面中的物象到达消失点的线，由于物象的透视线尤其是建筑物的透视线，是由众多的倾斜线从宽到窄组成，在视觉上便产生了动感和速度感。

奇巧巧克力　代理商 汤普森(伦敦)

新款奔驰轿车广告

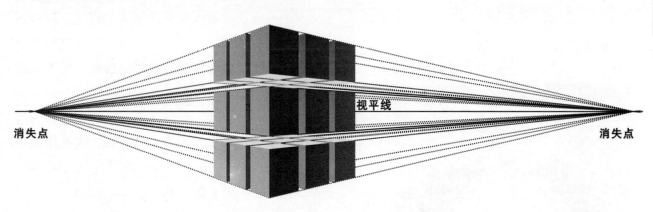

视平线

消失点　　　　　　　　　　　　　　　　　　　　　　消失点

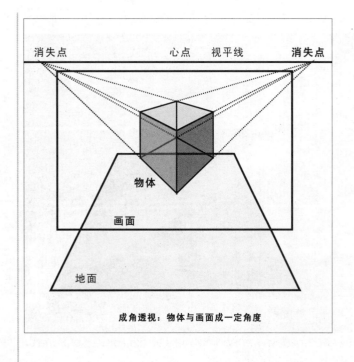

成角透视：物体与画面成一定角度

广告美术基础

5．成角透视

当物体与地面保持垂直，而与画面成其他角度时的透视称为成角透视。由于成角透视是向两边消失而形成两个消失点，所以又叫两点透视。

（1）成角透视的基本特征。成角透视也是广告速描中常用的绘画方法，与平行透视方法相比，它不仅更能生动地表现物体的立体效果，而且更富于变化。它也有两个明显的特征：

其一，以正方形和立方体为例，正方形的两组边，立方体的两组与地面垂直的面均不与画面平行，而是形成一定的角度。

其二，所有向远处消失的线分别集中在两个消失点上[1]。

注释：[1] 李成君 《实用透视画技法》

BMW Care 2003夏日清凉之旅广告

《GUINNESS饮品》广告

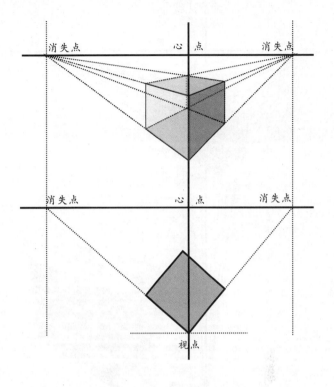

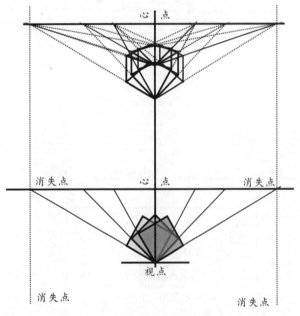

（2）成角透视的绘制方法。如果物体是在成角透视的状态下，那么所有向远处消失的线都会集中在心点两边的消失点上消失。消失点的确定主要决定于物体放置的角度。具体的画法如下：

先确定视平线、心点、视点、消失点。

把成角物体的近角放置在视点上。

分别从视点延长成角的两条边至视平线上，其两个分别在心点左右的交点就是所需要确定的消失点。

由此可以看出，消失点位置的确定必须有条件：其一，就是要知道物体与画面所成的角度。其二，消失点在画面上的位置是可变的，是随物体放置的角度而定的[1]。

注释：[1] 李成君 《实用透视画技法》

室内展示陈设设计

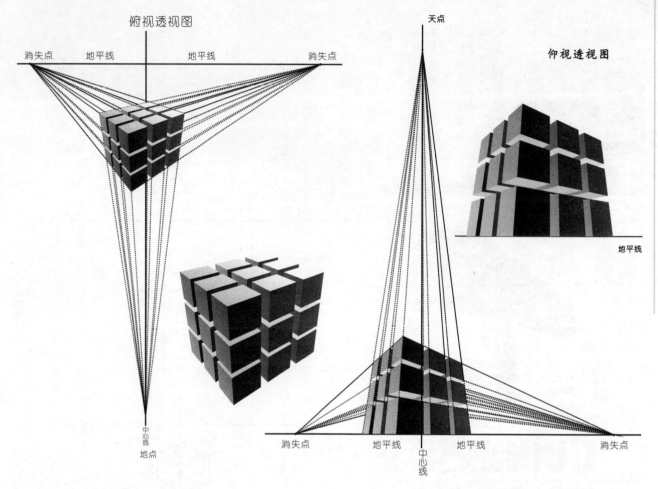

俯视透视图

消失点　地平线　　　地平线　消失点

中心线
地点

天点

仰视透视图

地平线

消失点　地平线　地平线　消失点

中心线

6．多点透视 （俯视仰视透视）

当我们俯视(或仰视)看物体时所形成的透视就称为俯视(或仰视)透视。这种情况下的画面与地面就可能出现不垂直状态，物体中的三组边分别向三个消失点消失，所以也称三点透视。

（1）多点透视的基本特征。多点透视在广告设计中也是常用的作图方法，具有崇高和宏大的造型特点，与平行、成角透视相比它也有两个明显的特征：

其一，视点脱离视平线，不是在视平线之上就是在视平线之下。上者仰视，下者俯视。

其二，平行、成角透视是两点透视，而多点透视不仅有在视平线上的两点，而且还有一组直线消失在视平线以上的天点，或视平线以下的地点。

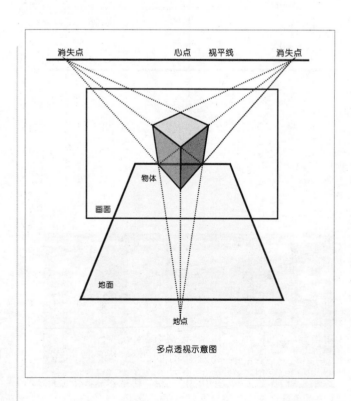

消失点　　　　心点　视平线　消失点

物体

画面

地面

地点

多点透视示意图

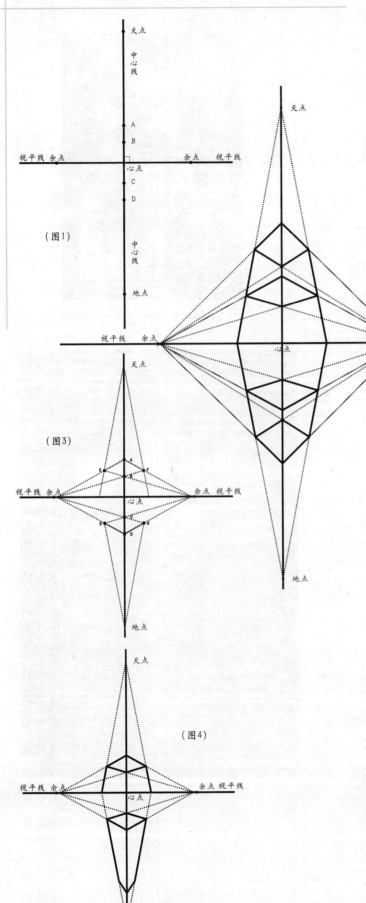

（图1）

（图2）

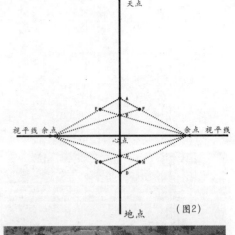

（图3）

《Bacardi酒》广告

（图4）

（2）多点透视的绘制方法。首先画出视平线和垂直于视平线的中心线，并在视平线上任意定出两个"消失点"，在中心线上任意定出A、B、C、D 四点及 "天点"和"地点"（见图1）。

然后，通过两个"消失点"与A、B、C、D 四点连接，得出E、F、G、H 四点（见图2）。

再通过"天点"和"地点"与E、F、G、H 四点连接（见图3）。再将其线描粗（见图4）。

这时一个三点透视图便展现我们面前。视平线以上的为仰视，视平线以下的为俯视。

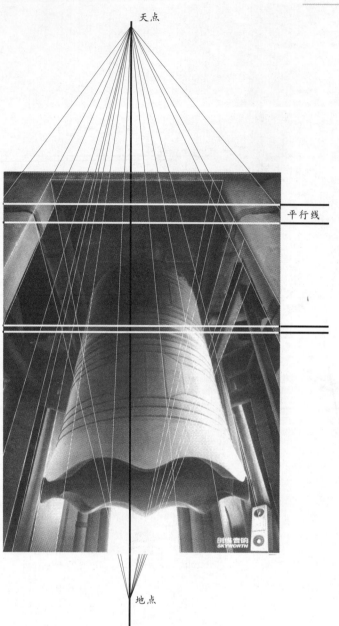

天点

平行线

地点

华文奖平面类佳作奖
篇名：《钟鼓楼》
代理：广州市天祥广告有限公司
客户：创维音响

《CATSBy男人护肤系列产品》广告

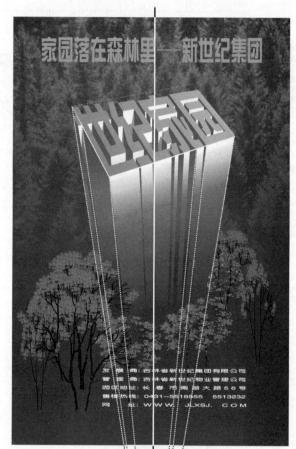

（3）多点透视在广告设计中的应用。由
于多点透视具有崇高、宏伟、壮观或拔地而
起或直冲云霄的造型特点，在广告设计中常
常用来暗喻企业或产品良好的声誉和发展的
态势（如：新世纪集团广告）。

《可乐饮品》广告

　　我们知道"近大远小"是现代透视最基本的准则，而《可乐饮品》广告作品中的物象的空间处理正好相反，这是一件典型的反规律作品。

　　这是一幅"矛盾空间"作品，也是一件典型的反透视规律的作品。

《艺术博物馆 巴赛尔》广告 乔治·勃拉克

7．反透视

　　反透视顾名思义即故意违反近大远小的透视规律。"一般认为开创反透视先河的是被称为'现代绘画之父'的塞尚，对于文艺复兴以来利用线性透视方法造成在二维平面上的三维立体技巧，塞尚已抛至脑后。他创造了一种'反透视法'，他的作品不是创造观赏者进入画里面去的深度，而是创造被他所描绘的物和人向观赏者走出来的印象。他所表现的作品不是现实的逼真效果和立体感"[1]，而是要表现物体的结构、关系和色彩，他要达到一种反传统的艺术，这种艺术不是靠眼睛所能把握的，而是艺术家的理性的反映。反透视方法在现代派绘画作品中是经常看到的，例如：毕加索把不同时空、角度看到的物象放到同一个画面上。如果说达·芬奇发明的线形透视是三维空间的话，那么，现代派的一些作品已把时间概念引入其中变成四维空间。从这一角度看反透视也是科学的。

　　注释：[1] 绘画基础教程《透视与比例》

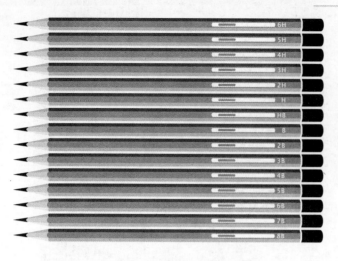

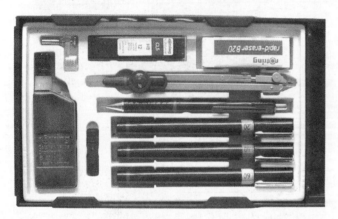

在选择钢笔时一定要事先试笔，要蘸上墨水在纸上作旋转、拖笔、侧峰等笔尖多角度的试笔，以保证买到好使的工具。

（四）工具

工具在速描语汇的表现上，是不容忽视的一个要素。广告速描的绘制工具很多，为了便于学习和掌握本书的主讲要点，我们在此只选择"铅笔、钢笔、中性笔"三种常用的便携式工具介绍给大家。

1．铅笔

铅笔是平面设计和绘画的基本工具，在广告设计中经常使用。掌握铅笔用法可以为其他技法的使用打下良好的基础。现有的国产铅笔分两种类型，以HB为中界线，向软性与深色变化是B至6B，为了更适应绘画需要又有了7B至8B，我们称为绘画铅笔。HB向硬性发展有H至6H，大多数用于精密的设计等专业使用。由于种类较多，因此，铅笔能很好地表现出层次丰富的明暗调子。

2．钢笔

钢笔技法是在铅笔画基础上使用的，钢笔使用方便，是广告速描设计中常用的表现形式。钢笔可分为普通型、美工型、针管型等三种类型，其笔尖也有直、弯、粗、细、扁、圆之分。不同的笔尖可以产生不同的艺术效果。钢笔的线条有两种：第一为均匀线条，主要用针管笔和签字笔表现；第二为粗细有变化的线条，多用美工型钢笔。钢笔不仅可以用单纯的线条来表现设计，同时可以用点、线、面三种方法结合表现，在画面上产生黑白灰三种不同色调，创造出素色之中的美感。

3．中性笔

中性笔起源于日本，由于中性笔兼具自来水笔和圆珠笔的优点，书写手感舒适，线条流畅，因此，广受艺术创作人员的喜爱，近年来发展迅速，大有取代钢笔之势。本书中的大量速描作品均出自于中性笔。

世界 快的概念跑车 **Nardo** 辣到你灵魂深处

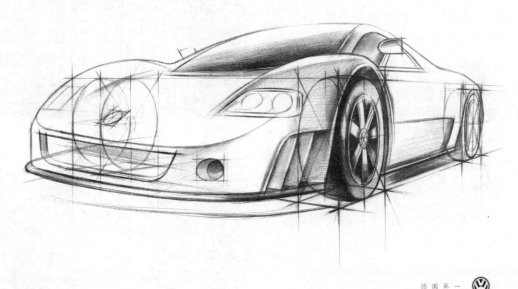

德国第一 Ⓥ

《大众汽车 德国第一》广告

4．铅笔类型与技巧

铅笔在造型时可以画得十分精道，同时可根据需要随意地修改。由于铅笔是可随意削制，笔尖的粗细、形状，均可随画者的意愿而定，其线条可粗可细，笔法可勾可涂、可轻可重，能用单一色表现极其丰富的效果，勾线时能浑圆洒脱具有线描效果；涂面时则层次分明形象生动。另外使用侧锋时，用笔力量稍有变化，轻重、停顿等运用得法都能体现自由活泼、随意的效果。在勾线基础上略加明暗和灰调，能起到加强物象质感和空间感的效果。同时铅笔的种类较多，有硬有软，有深有浅，样式丰富，可以画出较多的调子。铅笔的色泽又便于表现调子中的许多银灰色层次，对于速描基础训练作业效果较好，初学者比较容易把握，因此，较适合于基础训练开始时应用。

但是铅笔也有其最大的弊端，就是画完可用橡皮擦除。初学者往往就此依赖于橡皮，一画错了就擦，一点整体性都没有。这对速描训练是不利的，初学者一定要引以为戒 。

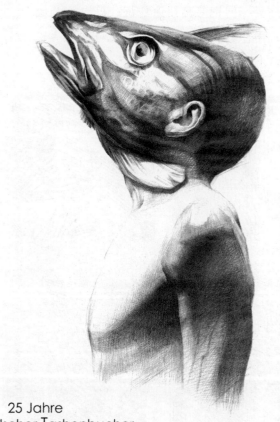

25 Jahre
Flscher Tashenbucher

德国金特·凯泽为费舍尔出版社设计的招贴。

"费舍尔"德语意为"渔夫"，渔夫变成了鱼。

5．钢笔类型与技巧

钢笔绘画工具起源于欧洲的芦苇管、鹅毛管笔，其后才逐渐发展为蘸水笔、自来水笔、钢笔。由于钢笔其材料简便，画出的线条清晰明确，印刷后能保持原作风格，因而钢笔一经问世，便备受广大艺术家和广告设计人员所钟爱。许多文学和广告作品中的插图都是利用钢笔表现和完成的。

钢笔是通过点、线的疏密、黑白来表现物象的。其特点是用笔果断肯定，线条刚劲流畅，画面效果疏密相间，黑白得当，所画物象既能精细入微又能高度概括，有着较强的表现力。由于钢笔绘画的确定性和不可更改的特点，画面的全方位统筹、造型的准确掌握、用笔的黑白疏密谋划等方面，就显得十分重要了。钢笔画用途广泛，既可作为收集广告创作素材的速描之用，又可在广告设计中用于插图的绘制等。

在描绘具体的物象时，一定要根据结构、纹理走线"疏者不空、密者不死"。本页所展示的图例，是从广告速描中剪裁出来的，事实上各种技法均蕴涵在激情过后的作品之中，这种技法"只能意会和感悟不能言传"。

钢笔的表现技巧是：点、线、点面、线面。排线与纸的白色形成的黑白对比来构成深浅变化，能将现实的物象表现得淋漓尽致、丰富多彩。同时我们也应该知道线条也是有"情感"的，由于使用的钢笔笔尖粗细不同，运笔的缓急、轻重不同，就可以呈现出粗细、肥瘦、浓淡、畅滞不同的情感来。

钢笔绘画中优美的线条，是画家和设计师对社会认知的一种表白：有时它又是情感的表现和寄托，线条舒缓流畅让人回味无穷；有时它是积怨的宣泄似火山爆发，其笔锋一泻千里，荡气回肠。因而具有高度的哲理性。在其中蕴藏着精神、潜象、韵律和节奏的美感，体现作者的气质和修养，并已经成为作者生命的一部分和绘画造型手段之一。即使铅笔素描造诣不错的人也有可能掌握不好钢笔素描，因此它对心、眼、手，三位一体要求极其高。由于钢笔具有不易更改的特点，因而对于初学者来讲，必须下一番苦功方能使线条行云流水一气呵成。

HIDALGO

电影《沙漠骑兵》广告

POWER CAN BE HELD
IN THE SMALLEST OF THINGS

电影《指环王》广告　　2007级广告专业 王小雨绘

6．正确的执笔方法

绘画的执笔方法有两种形式：一是伏案作画的执笔方法；二是画架上绘画的执笔方法。

（1）伏案作画的执笔方法。伏案作画的执笔方法和我们平时书写时的执笔方法从总体上讲是一致的，只是绘画时更多地要求腕部上下、左右自由自在的灵活性、舒畅性！

其具体的执笔方法是：（右手执笔）拇指、食指、中指分别从三个方向捏住离笔尖3厘米左右的笔杆下端。食指稍前，拇指稍后，中指在内侧抵住笔杆，无名指和小指依次自然地放在中指的下方并向手心自由弯曲。笔杆上端斜靠在食指的最高骨处，笔杆和纸面呈50度角左右。执笔要做到"指实掌虚"，就是手指握笔要实，掌心要空，这样才能灵活运笔(如图所示)。

伏案作画的执笔方法（一）

伏案作画的执笔方法（二）

（2）画架上绘画的执笔方法。在画架前作画时，由于人与画架是平视状态，手在画架上作画时要基本伸直，画架上的画板要与画者的眼睛视线成直角。这种作画姿态其执笔方法与伏案作画的执笔方法有所不同。

一般在画架上绘画的执笔方法是，所用的绘画笔不是穿过虎口而是握在三指之间，而是将笔横放在掌中，由拇指、食指、中指将笔拢住，无名指和小指自然收缩放在笔杆上即可。这种执笔方法的最大好处是由于腕、肘关节的作用，使所画的面积增大，行笔自然、流畅，能全面把握画面的整体关系。由于我们习惯于伏案执笔法，开始时会有些不习惯这种执笔，但经过一段时间训练就会感到自然(如图（1）～（3）所示)。

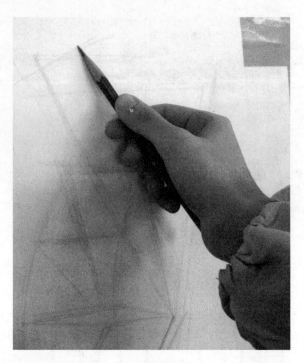

(2)

(3)

手表广告　2007级广告专业　孙　婧绘(1)

练习题：

1. 你能简要地回答出"一种观念，三种能力"吗？

2. 如何执笔是画好广告速描的重要手段，请你自检一下你的执笔方法是否正确？

The new Golf won't make much of an impression on you.

VW The name you can rely on.

《大众汽车》广告速描 李波 绘

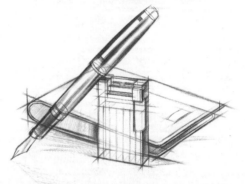

S.T.Dupont PARIS

LE REFLET de LA PERFECTION depuis 1872

Para mas informacion:ORFARLABO,S.A.C/ Isla de Java,33.28034 Madrid.Telefono:91 728 69 01

《都彭打火机》广告速描

第三章 熟识速描语汇 学习表现技法

通过前一章的学习，使我们了解和掌握了广告速描中的观察方法、形体结构、速描语汇等方面的知识，而本章主要是研究速描的表现技法。掌握速描的表现技法是学好广告速描的关键，技法的掌握绝不是朝夕之功即可奏效，只有"勤奋"当头，才能学得此法。

来！同学们，让我们以一种虔诚的心态和积极"悟道"的精神，拿起画笔去探求一下广告速描殿堂中的奥秘吧！

第一节 广告静物速描

一、静物速描的技法

静物速描学习，是一个"感觉—理解—表现"的综合过程，有其自身特殊的规律性和科学严谨的方法与步骤。

速描根据其过程和方法可分为以下几个步骤：整体观察反复比较，立意构图概括几何形，画出轮廓逐步深入，概括取舍整理完成。以上步骤只是为了教学之用，事实上一位优秀的画家和设计师在提笔作画时，上述步骤诸点，似被一条优美的曲线串连于作画始终，从开始到结束是一气呵成一挥而就。你很难找出哪是整体观察反复比较、哪是立意构图概括几何形、哪是概括取舍整理完成。上述步骤已成为画家和设计师艺术生命的一部分，并随其情感在画中自然流露。

1．整体观察　反复比较

利用前一章所学"整体观察和结构分析"的方法，全面审视所画的对象。而不是将视点聚焦对准整体对象中的某一部分，在这种整体感觉中，我们可以比较容易地全面感受到对象的大的形体特征。诸如：大的动势与状态、大的比例与结构、大的明暗与虚实、大的色调与感受。当我们运用整体的目光审视所画的物象时，一切多余的东西都将淹没在整体视线之中。

如果说"整体观察"得到的是大的整体感受，那么"反复比较"将是对"整体观察"所得印象的具体验证和补允。它是通过对整体与局部之间的上下、左右、前后的相互比较中，来得出它们各自局部与整体的关系。充分做到"意在笔先"。如果初学画者能注意并认真做到这一点，那么就会有明确的学习方法和清晰的奋斗目标，从而避免走弯路，达到事半功倍"顿开茅塞"之目的。

2．立意构图　概括几何形

当我们把观察物象所得到的意念和感受转换为可视的形象时，就需要通过构图在纸上将它们按照意图进行恰当的布局、安排。确定出最佳的构图方案。开始动笔起稿定位的时候，一定要注意所要表现对象的上下左右形体最突出部位点，然后根据所观察到的物象的大体特征的这四个部位点，在画面的上下左右用笔较轻地确定下来。需要注意的是这"四个部位点"既不能太大也不能太小，大则拥挤小则松散。

定出了构图位置之后，就要在此基础上概括出物象的几何形来，这是掌握物象大的感受的关键，更是塑造物象的起点，在概括几何形时要力争准确生动（速描步骤之一）。

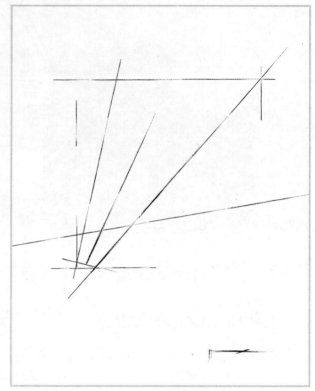

速描步骤之一

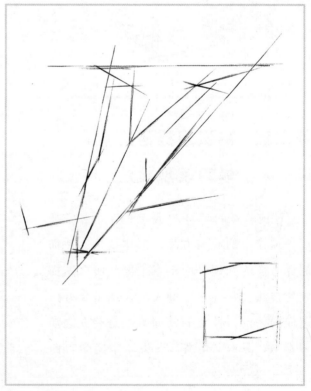

速描步骤之二

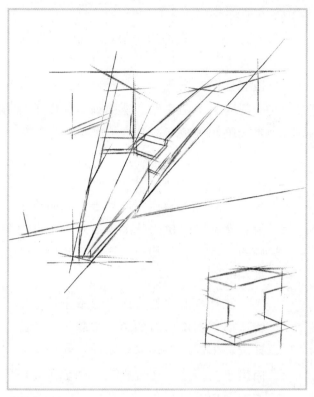

速描步骤之三

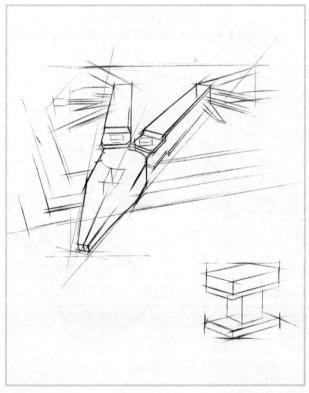

速描步骤之四

3．画出轮廓 逐步深入

轮廓线是形体转折的边沿线，当大的几何形勾画出来之后，轮廓线也应用大的直线随之勾画出来。轮廓线有外轮廓线和内结构线之别，且由于物象自身体面起伏的不同，其转折的边缘线也就会随之出现虚实、轻重、明暗等方面的变化。当我们知道了这一规律后再用线去打轮廓时，就会赋予轮廓线既具体生动又有虚实的节奏变化（速描步骤之二）。

勾打轮廓的时候，我们应按照从整体到局部的方法，根据整体观察时得到的具体感受，在画纸上多采用比较长的直线来轻轻地画出大的形体、位置、比例、动态，当物象大的基本形确定出来之后，一定要将画面放置到远处进行检查。因为在画面跟前我们很难检查出形体是否准确。如发现问题，应立即纠正过来。并随之把大的正确形体勾画出来。注意！打轮廓这一步在整个速描习作过程中是关键的一步，如果要求不严格，就如同一幢没有根基的建筑物，随时都有坍塌的可能。所以一定要认真严格地按要求去做，只有这样才能确保下一步工作程序顺利进展。

在逐渐深入的时候，需要留心两点：其一，是该从什么地方逐渐深入；其二，是怎样深入。首先，对所画物象的各个组成部分，切勿等量齐观一视同仁平均对待，必须抓住整个对象中最能"感动"你的部分。它就是画中的"眼"，其余均是它的陪衬，要抓住并处理好它们的主次关系。把最突出、最清晰、最强烈、最富情感的部分选出来。

GUANGGAOMEISHUJICHU

如果选起来比较困难或者没有把握的话，还可以通过比较的方法来进行。通过对对象整体中各部位之间的相互比较，利用"近实远虚"来确定出主次关系再进行深入刻画。

其次，就是要明确怎样去深入的问题。深入刻画的过程不仅是要求将塑造大关系过程中所表现出的大的体面关系逐渐由各种形状细小的转折面来衔接过渡，使原本相对简单的形体逐渐丰富起来，同时也要通过不同的处理手法来表现出对象特有的形态、质感、量感、空间感等。从而达到像我们眼睛所能观察到的那样。

深入塑造时一定要联系着画，如画左边时就要同时注意它的右边，画上时要同时注意下，画前时一定要注意后，如果仅仅画其中一边而忽略另一边，很容易出现局部孤立衔接不上的问题。

4．概括取舍　整理完成

"编筐编篓，贵在收口"。整理阶段是检验一个合格设计师的重要标志。首先，以"概括取舍"的表现方法全面调整画面，"取"与"舍"本身就是一对矛盾，有"取"无"舍"，取将不存；有"舍"无"取"画则空洞。因此在整理完成阶段无论是什么地方只要它影响大的整体关系，该"舍"的坚决概括，该"取"的认真加强。

在调整时，一定要将画面放置到远处全面审视一下。因为画只有远视先声夺人，才能吸引人近视观赏，细细地品味其精微奇妙。在进行速描练习时，不但脑、手要勤，更需腿勤。同时竭力恢复作画前，观察对象时所获得的强烈的第一印象感受，并且在即将完成的速描习作中，检查这种印象、感受表现得如何？例如形态、质感、量感、空间感等，给你感受最主要、深刻、强烈的东西

是否表现出来了？

对于聪明的人来说，每完成一幅习作，都善于从中寻找并总结出自己的缺点，时刻提醒自己在进行下一张作业时注意不要在同一问题上重蹈覆辙。速描练习说穿了就是培养大脑和眼睛所应具有的把控整体与局部的意识能力和方法。如同一位音乐指挥家指挥一个交响乐队那样把控画幅中的"整体旋律"。只有大脑作画的思维意识明确了，眼睛自然就能看出来该如何去画，手自然会随脑的思维、眼的物象，步调一致地把情感泼洒在纸面上。

需要指出的是上述步骤不止是适用于静物速描，其实所有的绘画步骤均是如此，只是画种不同、所画对象不同，其侧重有所不同罢了。而"整体观察"、"整体表现"的原则却是造型艺术永恒的真理。

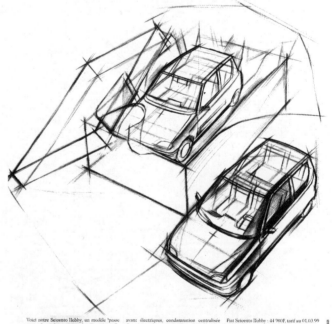

《菲亚特汽车》广告速描

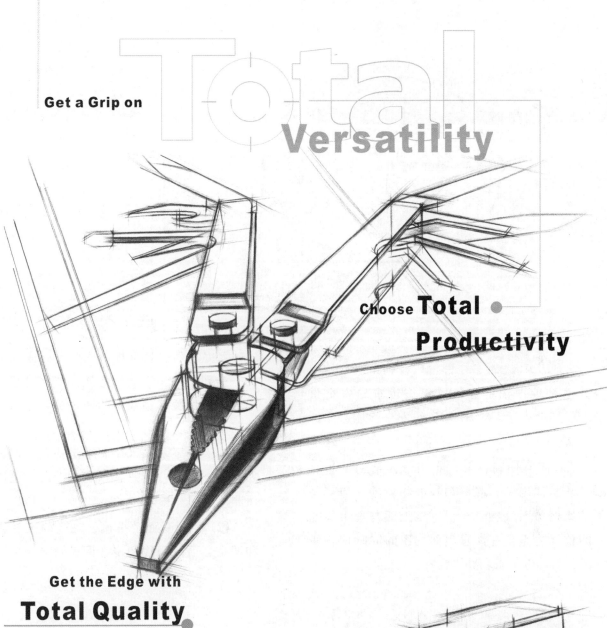

Get a Grip on

Total
Versatility

Choose **Total**
Productivity

Get the Edge with
Total Quality

速描电脑合成稿

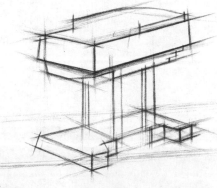

Your
Imaging
Power
Source

⧉ **FUJIFILM**

FUJI GRAPHIC SYSTEMS CANADA INC

《富士品牌多功能钳子》广告

二、静物速描的范例

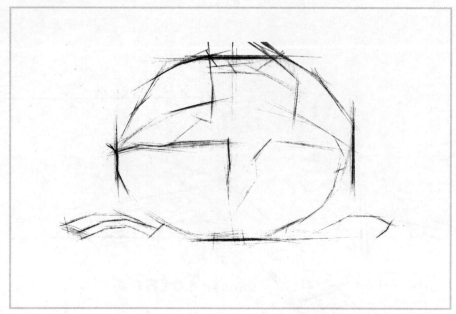

绘画步骤一

这是VOLVO轿车广告，广告利用双层核桃十分清楚地向消费者传递了该轿车的安全信息。很好地表示了VOLVO轿车安全性能甚高的诉求点。

（1）面对作画物象，利用形体结构分析方法，从整体出发，观察和找准物象的几何形与基本比例关系及物象在视平线上下与视中线左右的位置关系，在注意画面构图的同时用直线画出大的比例关系和整体轮廓。

画完之后先把画板放到较远处或远离画板，全面审视一下所画物体的整体、整体与局部的比例关系、物体的透视关系、图形在画面中的位置是否准确，如发现有误尽快修改过来，为下步深入刻画奠定基础。切记，你所看、所画、所感，一定是大的"整体"而非"局部"！

（2）经过全面、准确、细致的反复分析和调整之后，用线和少许调子画出物象大体

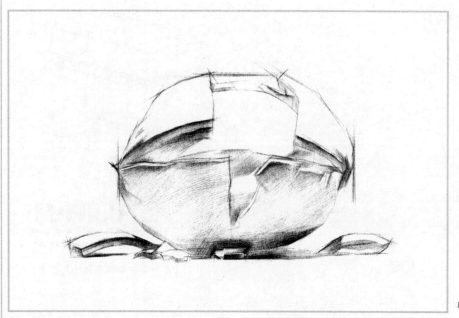

绘画步骤二

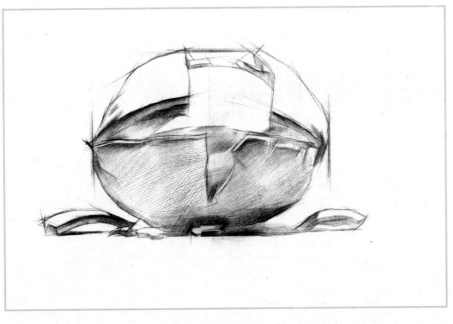

绘画步骤三

的形体结构、 形体透视及物与物之间的组合
空间位置，要注意线和调子的虚实变化。这
一步还需把目光放在整体的关系上，边分析
边调整，直至准确为止。

（3）采用整体分析的方法，用线和调子
准确地、深入地画出物象的明暗结构关系、
空间结构关系及物与物之间的空间关系，使
画面具有一定的体积感与细节塑造，并注意
其内外结构、 主次结构的关系处理。

（4）反复调整及修改，使画面主次关系
明确，效果整体完整。在整体准确的基础上
为了使画面的物象更生动，我们还可以对局
部进行细致入微的刻画，直至远观整体关系
强烈近视变化丰富耐人寻味。

本章随后的范画图例不再做具体的步骤
讲解，因为从速描的整体来看总是大同小
异。我们只要牢记上述步骤并具体问题具体
分析，一切问题均会迎刃而解。

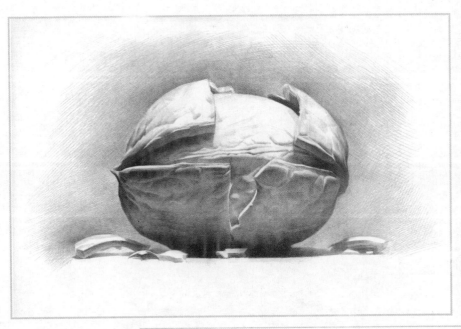

绘画步骤四

这是一幅医疗广告，在创意和表现方法上一反常态，不选择医疗广告常用的形态而是选择一双带有泥土的、没有华丽装饰的、伴人生同行的、可信赖的、可以寄予安全感的反毛皮鞋。读者会恍然大悟其创意所在。

With BUPA fixed
price treatment
you could be
out and about
today

If you're waiting for an operation,you can be seen within days,
Even if you don't have medical insurance.BUPA hospitals offer a
range of operations to everyone, from knee to heart surgery, and
you have the reassurance of knowing costs are agreed up front
to take your first steps on the road to recovery,all 0800 00 10 10
quoting 4100 or visit www.bupa.com

《医疗》广告速描

GUANGGAOMEISHUJICHU

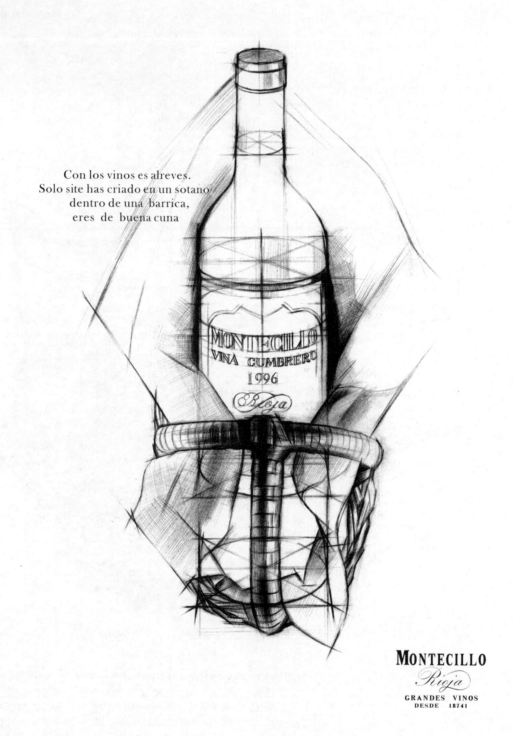

Con los vinos es alreves.
Solo site has criado en un sotano
dentro de una barrica,
eres de buena cuna

MONTECILLO
Rioja
GRANDES VINOS
DESDE 18741

《MONTECILLO西班牙酒》广告速描

融合という進化　MT-G

MT-G

GC-2000 ￥24,000

Resist.since 1983 G-SHOCK

CASIO COMPUTER CO.,LTD

《卡西欧G－SHOCK手表》广告速描

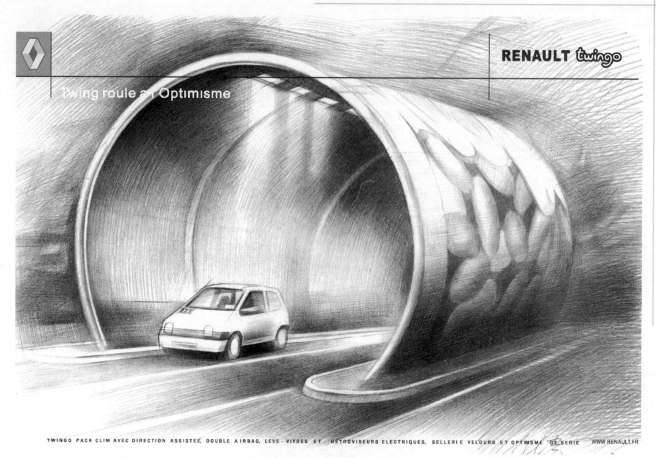

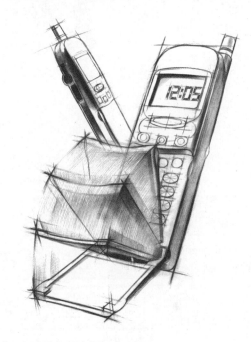

《丽人行》 雷诺汽车广告

思考题:

你能简要回答"静物速描的表现技法"吗?

练习题:

1.按照速描的表现方法将静物速描图例中的作品全部画下来。

2.选择两幅广告静物图片,并利用所学的速描表现技法将其画成速描画。画完之后查找一下还有哪些不足。

D208

スッキリと美しいシェイプのフリップボディ。
簡易赤外線通信から、似顔絵機能まで、多彩な機能を装備

《日本D208翻盖手机》广告速描

第二节 广告动物速描

一、了解动物的习性

动物元素在当今广告设计中可以说比比皆是，例如：七匹狼、鳄鱼等品牌广告。动物已经成为广告创意设计必不可少的形象之一，因此对于广告设计人来讲研究和塑造好动物形象也是必修课。

广告设计人员经常动笔画画动物速描，是一种认识了解自然、迅速提升动物造型能力的好方法。动物与人类相比，其结构极其相似，因此，认真学习和研究动物的结构尤其是灵长类动物，对于理解人的结构是有一定帮助的。

动物的外形特征不但体现了它们的生活习性，也反映了它们的脾气性格。马的剽悍、牛的倔强、羊的温驯都要求我们在速描中有所表现。动物的灵性需要人带着感情的眼光去发现。我们在观察动物时，要善于捕捉它们最优美、最能体现与人交流的地方。

电影《左罗》广告速描

二、动物速描的技法

动物速描的画法一般以动态线为基础，根据它们的骨架型结构的特点和运动规律，利用由里及表地推断方法，去塑造动物的体态。动物的躯干部分形体比较大，并且呈现几何形，因此我们可以用概括的手法将动物躯干几何化，以掌握它们的形体特征和运动变化。家畜的四肢动作比较大，例如马和狗的奔跑，它们的跑与走都有明显的规律，只要抓住了这种规律，掌握了它们腿部关节的特点，就能画出它们运动中优美的姿势。

许多动物是由头、颈、躯干、四肢、尾构成，躯干和头、颈、四肢相比大而粗壮，且不同的动物的躯干形态各异，但总体上是"前宽后窄"、"前大后小"，根据这一特点我们在画动物速写时可利用已学的"结构分析"方法，将动物的各个部分概括为几何形，这样既能准确又能形象生动地把各种动物的形态表现出来。

电影《狂野大自然》广告速描

三、动物速描的范例

初学者在画动物速描时，可以先用铅笔将其大的结构关系勾画出来，随后再用钢笔画。这对整体把握动物的形态有很大帮助。不过这种方法不宜常用，因为它会框住你的思维，左右你的情感，最终影响你的表现。

在画两个以上的动物时，要注意它们之间的"顾盼"，这样才能很好地表现画中的情感。《企鹅日记》中的母子之间的相互爱抚、依存，很好的传递了"伟大的母爱"之情。

我们在画动物速描时，一般是以线条表现为主，要注意动物外轮廓的起伏和用线的流畅性。描写动物身体的细部要注意用笔的表现性，例如肥厚的躯干和硬朗的骨骼，松软的羽毛和尖利的脚爪，都要采用不同的用笔方法。

电影《熊的传说》广告速描　　　电影《企鹅日记》广告速描

ABSOLUT-40°

《绝对伏特加绝对40度》广告速描

BOVRIL

THE 'HOME' GUARD

《BOVRIL保尔牛肉汁》　广告速描

広 告 美 术 基 础

"Whiskas Kitten provides
higher levels of protein, vitamins
and winerals.
Grrrrrrrrrrrrrrrrrr."

《宠物天堂食品》广告速描

ZOOLOGISCHER GARTEN
MUNCHEN

EINTRITTSPREISE: 60 & AM FREITA6 M1
KIMDER UNTER12JANREN20 & AM FREITAG30
SON-Y FEIERTAG,MITTWOCH YSAMSTAG
4 UHR-7UHR KONZERT

BESUCHET DEN TIERGARTEN

Prochainement

TOURNEE
DU
CHAT
NOIR
DE
RODOLPHE SALIS

《法国黑野猫剧院》海报速描

电影《抢钱袋鼠》海报速描

KANGAROO JACK

OKI
COLOR 彩色印表机

PAINT 1.2 METAES NO HASSLES

《OKI 彩色印表机》海报速描

GUANGGAOMEISHUJICHU

EVIL HAS REIGNED FOR 100 YERS......

电影《纳尼亚传奇》广告速描

SUMITOMO CARD

《VISA》广告速描

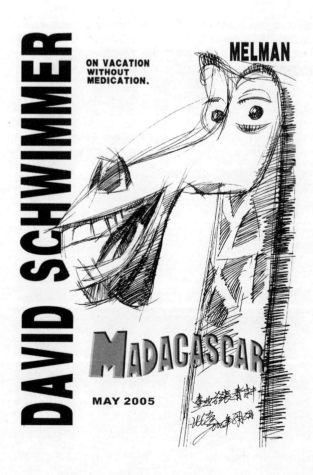

MART

CHRIS ROCK

BLACK
WHITE
AND OUT
OF SIGHT.

MADAGASCAR

MAY 2005

《Cg电影》广告速描

　　这是卡通故事片《Cg电影》里的动物，我们一眼就能看出它是夸张变形的动物设计。虽然我们美术基础课并不涉及这些，但对动物的"夸张变形"设计也应该有一些认识。

　　动物"夸张变形"的目的，是将动物极富特点和象征意义的部位夸大，使其更加形象、生动地表现动物的形态。一些幽默的广告设计作品也经常采用这种设计方法。

票房勇冠全美　真实事件改编

华特迪斯尼影片 荣誉呈献

电影《南极大冒险》广告速描

李波 电脑绘制

SURGEON GENERAL'S WARNNG:Cigarette
Smoke Contains Carbon Monoxide

《万宝路香烟》广告速描

练习题：

1.按照速描的表现方法将动物速描图例中的作品全部品临下来。

2.选择N幅动物广告静物图片，并利用所学的速描表现技法将其画成速描画。画完之后查找一下还有哪些不足？

第三节　广告植物速描

　　植物也是广告设计中经常采用的视觉形象，它为点缀和丰富广告的主体起着重要作用，以花鸟树木居多。

　　在画植物速写时要注意其自身的生长规律和特点，最好按其生长规律造形：首先定出大形，再从主干下手、再次支干、其次叶子。即使是画叶子也要注意：不同的植物有不同的叶子形态。在画植物速写时画得最多的是花儿了，花儿由于其所属的品种不同其花儿的形态各异，有的花儿是由三瓣组成，似三角形；有的是由五瓣组成，似五角形；有的是由六瓣组成，似六角形或圆形；有的是多瓣组成，似球体，这些都需要我们在学习中品味和感悟。

Mammea americana excelsa

Mother's day
Arrangements

《母亲节》美国Crate & Barrel公司 广告速描

Engagement Rings

Marriage Rings

DIANA HEIMANN　PLATINUM
PLATINUM&PEARL DROP EARRINGS · PLATINUM FLOWER EARRINGS · PLATINM WREATH PENDANT WITH CHAIN

《GUMP'S饰品》广告

《顶级精品 香港西武》广告

一、植物速描的技法

先定出广告主体——香水瓶的动势线，并以此画出兰花、兰草的大体方位和走向。应该注意的是香水瓶的整体造型，由于它是对称形，故画时一定要引出中心线，并左右环顾对称画之。

鸟在画面中起到画龙点睛和活跃画面的作用，要看准其动态和羽毛的走向，用笔要快要讲究。有的同学在画动态和静态物象时"一视同仁"往往均从眼、鼻等局部入手，这是一种误解。物象一旦运动起来，我们根本看不到其细节而只能看到形态，因而画动态的物象时我们只要抓住其"动势形态"即可。

速描步骤之一

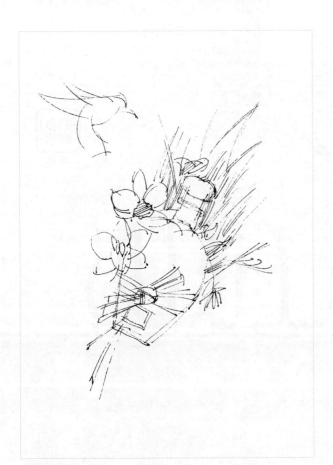

速描步骤之二

速描步骤之三

广
告
美
术
基
础

《皮尔·卡丹香水》广告速描

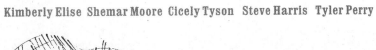

电影《疯女人日记》广告速描

You either have it　　or you don't

Visit the Chivas Regal web site at
Http://www.careertoolbox.com

Those who appreciate quality
enjoy it responsibly

《碳土芳香—威士忌》广告速描

TOSHIBA

尾瀬の水の力

《TOSHIBA东芝品牌》广告速描

《绝对伏特加绝对青柠檬》广告速描

《绝对伏特加绝对利物浦》广告速描

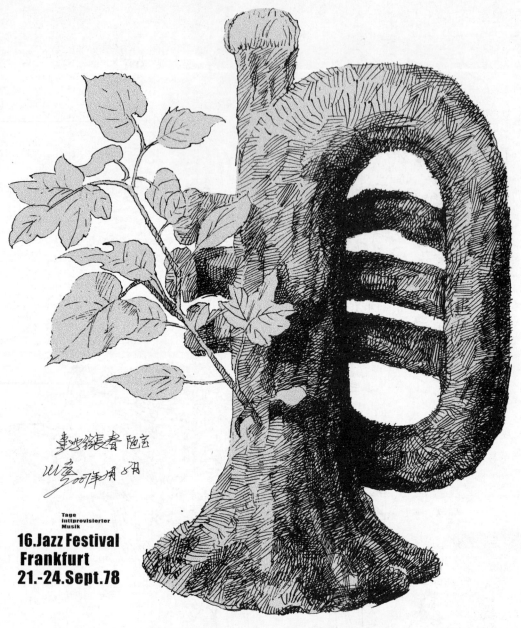

16.Jazz Festival
Frankfurt
21.-24.Sept.78

《法兰克福爵士音乐节招贴》(德国) 金特凯泽 广告速描

练习题：

1.按照速描的表现方法将动物、植物速描图例中的作品全部品临下来。

2.选择N幅植物广告静物图片，并利用所学的速描表现技法将其画成速描画。画完之后查找一下还有哪些不足？

第四节 广告展示速描

一、展示在商业广告中的应用

展示的概念及设计是客户广告运动过程中，一个不可缺少的重要环节。因此，学好和掌握展示设计的规律和方法，对于广告人来讲十分重要。

什么是展示设计？"展示艺术是以科学技术和艺术为设计手段，并利用传统的或现代的媒体对展示环境进行系统的策划、创意、设计及实施的过程。随着人类社会的不断进步和人类文化的持续发展，展示艺术在人类经济与文化中的地位越来越重要，它既是国内外经济贸易相互交流合作的纽带，又是科学技术及文化宣传的窗口，它在当今社会领域和信息领域、商业领域中充当着其他行业或媒体无法替代的角色。世界各国为展示自己国家的科学、经济、文化的发展及成就也是不遗余力。各国都争先献技来展示国家发展的魅力，表现本民族文化的精彩"[1]。

注释：[1]汤留泉《商业空间动态展示设计方法的分析与应用》

《汽车展示设计》速描

随着社会科技的不断发展以及新材料新工艺的广泛应用，展示设计的手段和方法也层出不穷，不仅有平面的、立体的、静态的展示设计，更有动态的、空中地面全方位展示设计，在这些展示的形式中尤其以动态展示备受人们青睐，因为动态的展示设计打破了以往静态展示中观众只是旁观者的被动格局，采用活动式、操作式、互动式的展示模块，让观众不仅可以身临其境地触摸、操作展品，而且还可以在讲解员的指导下去制作标本，真正做到了展品与观众的互动，使观众在互动中去体会和了解展品的功能和特点。

动态、互动的展示设计，在商业展示活动中也逐渐被观众喜爱，如各个城市每年一度的房交会、汽博会、农展会、时装发布会等。动态、互动展示设计使展示生动化，形象化、可操作化，变展示空间为交流互动的舞台。让视觉的冲击力、听觉的感染力、触觉的激活力、味嗅觉的刺激力，通过娱乐色彩的环境、气氛和商品陈列、促销活动吸引顾客注意力，增强对展品的记忆，展示空间的动态、互动化比大众媒体广告更直接、更富有感染力，使消费者过目难忘，为消费者使用和购买该产品打下了潜在的基础。

《展示设计》速描

二、展示速描的技法

要想展示就必须要有空间，因此，展示设计的画法和室内外设计有异曲同工之处，其不同点在于展示设计的终极点是为了商业利益的最大化。而室内外设计只是为了美观舒适而已。但他们的画法却是相通的，即：都是利用透视的画法将可用空间分割成若干个子空间并把展示的物品，按其创意放入其中。

在临摹展示作品时，首先要明确该作品的透视关系及透视方法的采用，如果是平行透视就要找出其透视线和心点；如果是成角透视就要找出透视线、消失点；如果是多点透视就要找出透视线、天点或地点。明确了透视关系之后，就可以按照上述的绘画步骤进行了。

在此，需要强调的是除了一些超现实主义展示设计之外，大部分展示设计均是以直线来分割空间的，它给我们规则的和富于秩序的感受。

《展示设计》速描

《展示设计》速描

广告美术基础

《福特汽车展示设计》速描

《长春酒博会展示设计》速描

三、展示速描的范例

《长春汽博会一汽展示设计》速描

《HOLEC展示设计》速描

《展示设计》速描

《汽车展示设计》速描

练习题：

按照透视方法将展示速描图例中的作品全部品临下来。并注意视平线、焦点、透视线在展示速描的具体应用。

第五节 广告人物速描

广告人物速描，是广告美术基础教学中较难学习的一门课程，故而把该课程放到最后一节中进行。为了便于学习和掌握广告人物速描，我们有必要首先了解一下人体的基本结构、性别特征、年龄差异、头部、五官及手脚的结构关系等方面的基础知识。

一、人体的几何结构

如果我们也将人体归纳成为几何形体的话，那么我们可将对称人体的"头、颈、胸廓、骨盆、四肢"概括起来分为：头部，可理解为椭圆体或蛋形体；颈部，可理解为上细下粗的圆柱体；胸廓，可理解为上宽下窄的倒梯形；骨盆，可理解为上窄下宽的正梯形；四肢，包括上臂、前臂、大腿、小腿，完全可理解为不规则的圆柱体和圆锥体。把人体按照自身的结构特点概括为几何体对于我们理解和认识人体的结构关系是十分重要的。

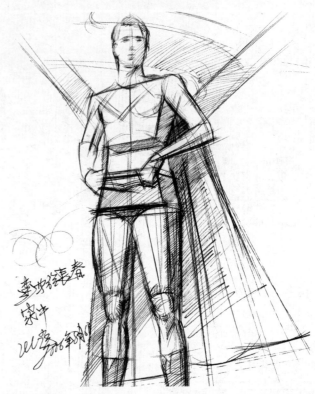

电影《超人》广告速描

二、人体的性别特征

人在儿时基本没有性别差异，可理解为中性人。但到了青少年时期，其性别特征便逐渐显露出来，直到青春期后期开始定型。

青春期之后的人体特征是：男性肩膀较宽，锁骨平宽而有力，四肢粗壮，肌肉结实饱满。从整体上看，我们可以把男性人体的躯干部位理解为肩宽、腰圆、臀窄的倒梯形和正梯形。

而女性的人体特征则是：肩膀窄且圆，肩膀坡度较大，脖颈较细，四肢比例略小，腰细，胯宽，胸部丰满。从整体上看，我们完全可以把女性人体理解为肩窄、腰细、臀宽的倒梯形和正梯形组合。

电影《古墓丽影》广告速描

VIEW From the TOP

美国空姐

电影《美国空姐》广告速描

Disfrutar la belleza. Vivirla.

Un deseo compaitido.Una figura Lladro.
Cosas bellas que siempre nos hacen disfrutar.
Lladro.La mas bella tradicion,viva para siempre.
Tel:900 21 10 10. Www.lladro.com

LLADRÓ

《世界著名瓷器－西班牙雅致》广告速描

BRITTANY
MURPHY
DAKOTA
FANNING

Uptown Girls

电影《麻辣宝贝》广告速描

三、人体的年龄差异

我们知道不同年龄的人，具有不同的体态特征。婴儿和童年时期的人体整体特点是：没腰，腹部前突，上下一般粗，四肢圆滑短粗；少年青春期的人体比例，性别特征开始逐渐显现，直到青春期后期开始定型；成年人时期身体开始发福身体整个形态带有粗圆感；老年时期身体的全部肌肉变得松弛，皮肤皱纹增多；且腰部和膝部由于骨骼疏松开始弯曲，身体随之变矮。我们在描绘时要抓住各个不同年龄时期的人体特征来描绘人体的比例。

GUANGGAOMEISHUJICHU

广 告 美 术 基 础

电影《胖子阿伯特》广告速描

《听的 看的 爱的 都要随身戴》广告速描

电影《谍影重重》广告速描

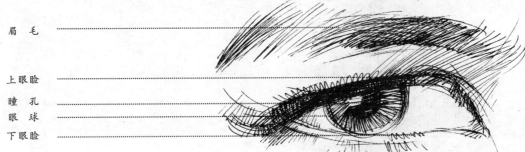

眉　毛 ....

上眼睑 ....
瞳　孔 ....
眼　球 ....
下眼睑 ....

四、五官的结构

五官状态可以体现面部表情的主要特征。五官分为眼睛、眉毛、鼻子、嘴、耳朵，下面择要加以叙述。

1. 眼睛

眼睛，是人类传达情感、感知世界最敏锐的器官，因此描绘人的眼睛就显得非常重要。眼睛的结构是由上眼睑、下眼睑、眼裂、眼白、黑眼球、瞳孔等组成。从外形看眼睛似一个半球状镶嵌在眼眶里。不同年龄人的眼睛具有不同的形态特征，如成年人由于生活的摔打、阅历的丰富，其眼睛呈现出特有的坚毅、持重、智慧的神态；青年人由于处在风华正茂时期，其眼睛表现为稚嫩无邪、活泼坦诚的神态；而少年儿童由于他们是一群世界的新客，其眼睛充满着疑惑、探寻、好奇的神态。我们认真学习和研究不同人的眼睛对于把握人物整体形象，是十分重要的。

2. 眉毛

眉毛是塑造眼睛传神不可缺少的重要组成部分，俗话说"眉开眼笑"、"横眉立目"、"贼眉鼠眼"、"眉清目秀"，形象生动地表达了眉毛和眼睛密不可分的关系。和眼睛一样，不同性别的人具有不同眉毛，如剽悍男人的剑眉、浓眉，窈窕淑女的柳叶眉；不同性格的人也不同，如关公的卧蚕眉等。画眉毛时要注意其长势和走向，以及"虚实、浓淡"等特征。

WASSUP ROCKERS

Le nonveau film de **Larry Ciark**

电影《WASSUP ROCKERS》广告速描

由于光线的作用，上眼睑总是要比下眼睑黑一些。画上下眼睑时要注意其关系，不宜过分强调下眼睑以免喧宾夺主。

ELLEN BURSTYN
JARED LETO JENNIFER CONNELLY
MARLON WAYANB

REQUIEM
FOR A DREAM

UN FILM DE
DARREN ARONOFSKY

D APRES LE ROMAN DE HUBERT SELBY JR.

电影《梦之安魂曲》广告速描

鼻根
鼻骨(外呈凸显状)
鼻翼
鼻球
鼻孔

マイノリティ
リポート

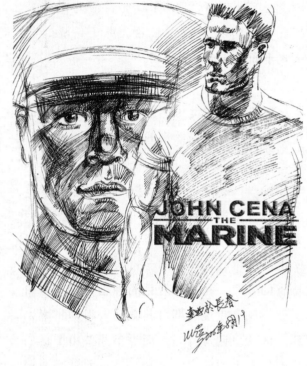

电影《海军陆战队员》广告速描

英雄无语

电影《英雄无语》广告速描

3. 鼻子

鼻子位于面部的正中央，对面部表情刻画起着承上启下的关键作用。由上至下鼻子是由软（鼻球、鼻翼、鼻孔）、硬（鼻根、鼻骨）两部分组成，在刻画鼻子的时候要注意软硬相交的"骨点"，在这方面男性和西方人较为明显。不同性格的人其鼻子的形态也各不相同，如：代表性格剽悍的"狮子鼻"、代表阴险狡诈的"鹰钩鼻"，以及代表质朴憨厚的"蒜头鼻"等。

4. 嘴

　　嘴是刻画人物表情的又一重点。嘴的上方是人中，接下来依次有上唇、上唇结节、嘴角、唇侧沟、下唇、颏唇沟。不同种族、性别、年龄的人，其嘴的形态也各不相同。黑种人唇大且厚；白种人唇薄而细长；黄种人嘴唇有形，形态适中，男人唇宽厚重、女人唇小细腻等。画嘴时不但要注意其本身结构，还要注意其周围部分的相互关系，初学绘画者一定要细心体会和观察。

人中
上唇
唇裂
下唇
颏唇沟

CABY GRANT　　IN　　GRACEKELLY

ALFRD HITCHCOCK'S

ÜBER DEN DÄCHERNVON NIZZA

电影《UBER DEN DACHERNVON NIZZA》广告速描

**GUCCI
ENVY**
a fragrance for women

《CUCCI ENVY香水》广告速描

JAMIE FOXX　　COLN FARRELL

MIAMIVICE

电影《迈阿密风云》广告速描
（前文有同一题材另一幅画作,可对照比较）

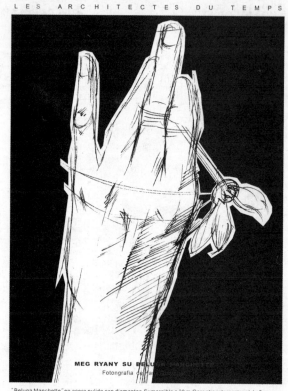

《EBEL瑞士名表》广告速描

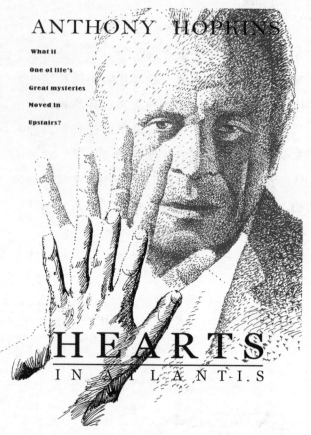

电影《芳心谋杀案》广告速描

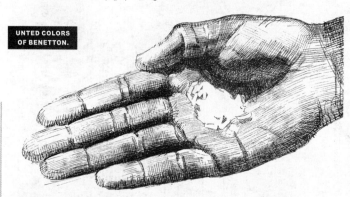

《贝纳通公益广告》广告速描

《贝纳通公益广告》广告速描

五、手脚的结构

1. 手

手部是人体画中较难处理的部位，正如俗话所说："画人难画手、画马难画肘"，因而需要认真研究。从外部结构来看手是由腕部、手掌、手指所构成，手掌张开时宛如一把打开的折扇。在画手时要注意手掌与手指的关系以及整体的态势，切勿一个一个手指数着画。

手虽然不像脸部那样富有情感变化，但手仍是人们表达肢体语言的重要器官，例如：欢乐时的"手舞足蹈"，悲愤时的"顿足捶胸"，愤怒时的"攥紧拳头"等。因此，手的肢体语言一点都不逊于脸部的表情，手对于表现人的情感、刻画人的性格有十分重要的作用。

国 际 广 告 设 计 大 师 丛 书

冈特·兰堡

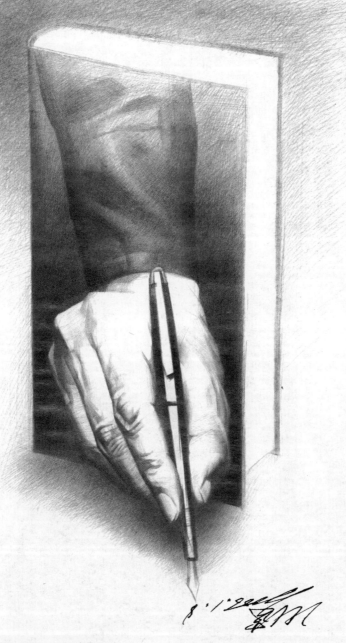

G-RAMBOW

PIOTR SZUMANOWSKI

PAWET WOOZINSKI

BERNARO-MARIE KOLTES

ROBERTO ZUCCO

Teatr Polski w Poznaniu

PREMIERA 14 02 2003

《戏剧节目海报》 广告速描

evian Declaree sour de jeunesse par votre corps.

Voici les rares rides
　　　Contre lesquelles l'eau d'evian
　　Ne peut rien

《依云天然矿泉水》广告速描

电影《皇家赌场007》广告速描

THE OFFICIAL UNIFORM OF NEW YORK
DKNY JEANS

《DKNY JEANS牛仔装》广告速描

GUANGGAOMEISHUJICHU

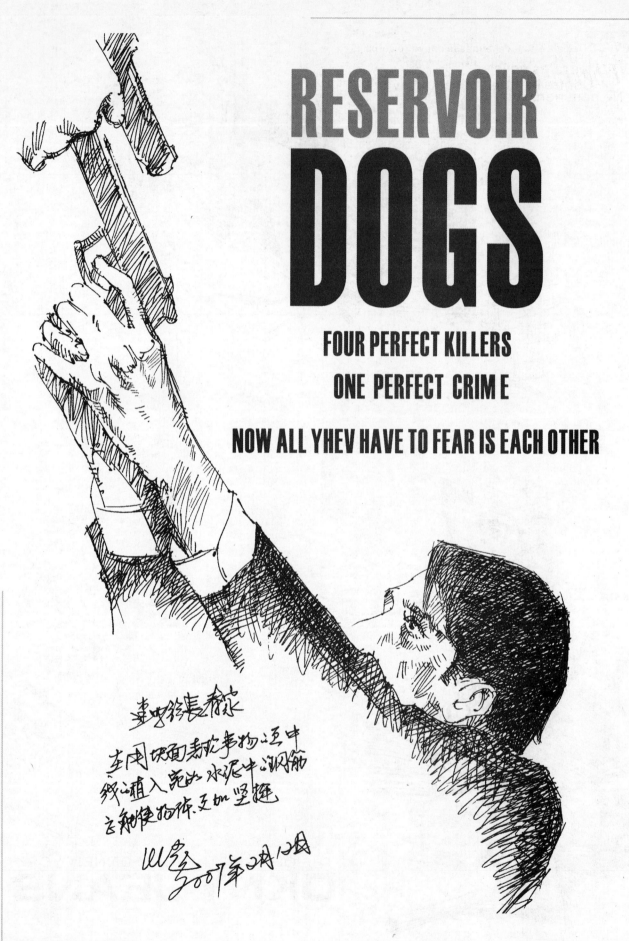

电影《水库狗》广告速描

Bei uns kann man vor
Uberraschungen mie sicher sein

2．脚

脚部是支撑人体的重要器官。脚部是由踝部、脚跟、脚掌、脚趾所构成。画裸露的足部时，要注意脚跟、脚掌、脚趾的比例关系；画穿鞋的脚时，要注意局部与整体的关系。同时性别、年龄的不同，其足部的形态各异，一定要认真学习和把握，这对画好整个人物是十分有益的。

Pfalztheater Kaiserslautern

《我们这儿让人们在惊喜之前无法安心》 广告速描

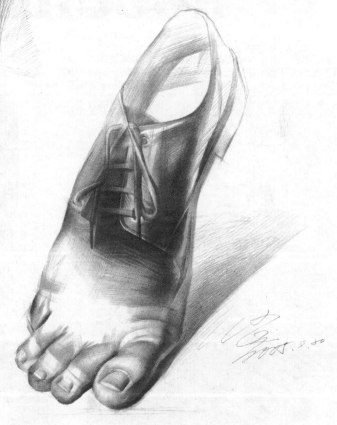

《歌剧节目》 广告速描

BERENGER ELLIOTT BUSEY
JOHNSON NOTH KEITH HAMILTON
ROUGHRIDERS

电影《狂野骑士》广告速描

UNTED COLORS
OF BENETTON.

《震撼心灵的贝纳通公益广告》速描

L'
O
R
É
A
L
PARIS

Elnett
La plus fine des laques

《欧莱雅化妆品》广告速描

画头发尤其是女性飘逸的长发时，要注意分组和头发的走势。并首先将其大体定下来，画时要根据其头发的走向运笔。

李宏蕾 绘

电影《兵临城下》广告速描

电影《魔法奇兵》广告速描

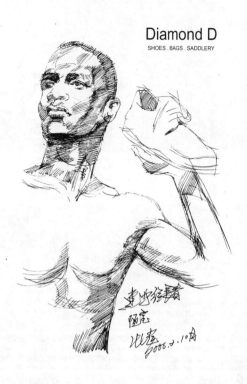

Diamond D
SHOES . BAGS . SADDLERY

人们种族不同其面部的形状也不同，黑人由于生活在酷热的沙漠地带，因而，头发短而弯曲、皮肤黑、鼻孔外翻、鼻翼硕大且轮廓清晰，这都是黑人的特点。在画黑人时均应注意这些特点并加以突出之。

《Diamond D》广告速描

千万不要被眼前局部的点滴得失所迷惑，因为局部的完整可能就是整体的不完整。

在提笔作画时自始至终都要抓大的感受、大的趋势，使每根线都要为此服务。看准大的趋势并加以记忆，大笔一挥一气呵成，是速描之道也。

William LAWSON'S

L' ABUS D'ALCOOL EST DANGEREUX POUR LA SANTÉ, CONSOMMEZ AVEC MODÉRATION.

《苏格兰威士忌》广告速描

敦

DUN - HUANG

煌

中国书法有"内紧外松"与"外紧内松"之说，"内紧外松"者其笔画、结构，均内在"紧凑"外在"松散"，而"外紧内松"正好相反。习字时"内紧外松"者易，"外紧内松"者难！广告速描也是如此，那种面面俱到，不顾全局的绘画看似工整，但索然无味。而那种整体在胸笔与笔之间看似松散，但又有内在联系并服务于整体的作品，令人回味无穷。

电影《敦煌》 广告速描

Something Wicked This Way Comes.

电影《哈里波特》广告速描

电影《克里姆特》广告速描

这是一则法国化妆品广告，作品中的独特创意使我们不由得想起中国宋代翰林画院的试题："踏花归来马蹄香"，两幅作品有异曲同工之妙。青丝余香引众蝶飞舞，这一独到的视觉创意，形象准确地将化妆品的"香"视觉化，令人一目了然。

画这幅作品时，一定要先把握"大势"，再去画出蝴蝶的动姿。且笔笔都围绕着"大势"去做。

《法国化妆品》广告速描

《贝纳通公益广告》速描

电影《征服天堂》广告速描

《贝纳通公益广告》速描

《贝纳通公益广告》速描

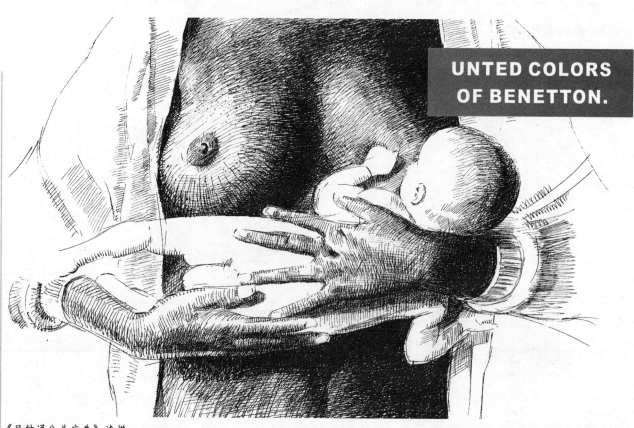

《贝纳通公益广告》速描

《爱莎加丽活发膜》化妆品广告速描

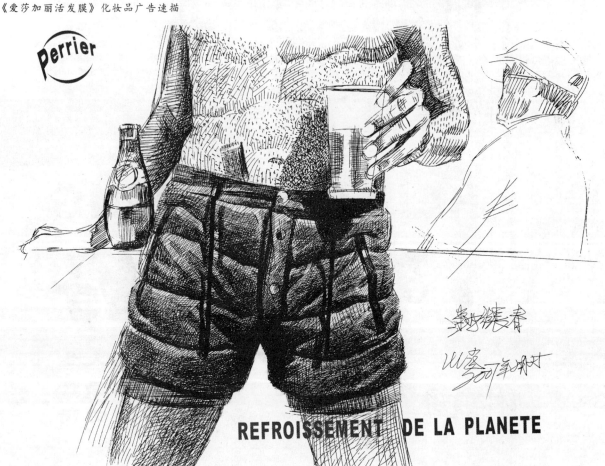

《PERRIER矿泉水》广告速描

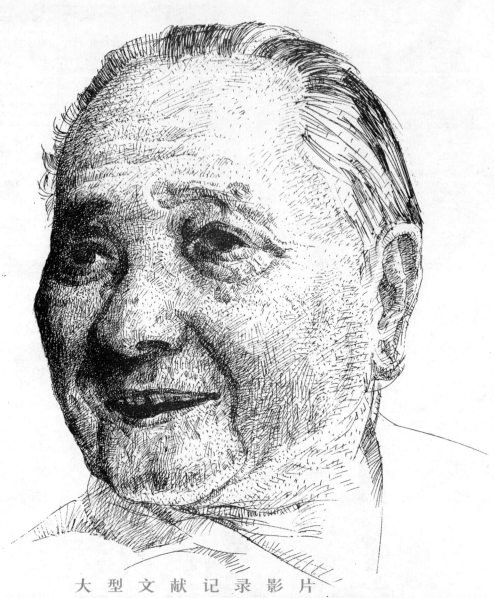

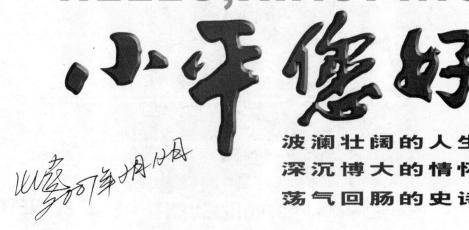

大型文献记录影片

HELLO, XIAOPING

小平您好

波澜壮阔的人生
深沉博大的情怀
荡气回肠的史诗

电影《小平你好》广告速描

FROM THE PRODUCER OF "INDEPENDENCE DAY" AND "THE PATRIOT"

美国第一次世界大战空战故事片

空中英豪

FLYBOYS

INSPIRED BY A TRUE STORY

电影《空中英豪》广告速描

LION D'OR

PRIX DINTERPREYAYION FEMININE -VENISE 92

秋菊打官司

Qiu ju un femme chinoise

ZHANG YIMOU

电影《秋菊打官司》广告速描

Tiempo para la Ternura
Bauknecht. Sabemos lo que la mujer quiere

Bauknecht

Sabemos lo que quieres
Tiempo para las cosas
Buenas de la vida
Nosotros te lo regalamos,
Mientras hacemos todo
El trabajo.
Frigorificos,combis,
Lavavajillas,lavadoras,
Secadoras,multi-hornos
Con microondas,...
Porque,despues de todo,
Un regalo puede tomar
Muchas formas.

ALEE DANIELS
SHADOWBOXER

电影《 影子拳手 》广告速描

纪念抗日战争胜利六十周年隆重献映

电影《铁血》广告速描

JIM CARREY

He's the best there is!
(Actually, he's the only one there is)

ACE VENTURA
PET DETECTIVE

それ
以
上。

無印良品青山店 10月8日（木）新装開店

無印良品

《无印良品品牌店新装开业》 广告速描　李波 绘

CACAO VAN HOUTEN
LE MEILLEUR CHOCOLAT A CONSOMMER LIQUIDE

　　我们虽然倡导较短时间的速描习作和练习，但对于我们初学绘画的学生来讲，适当地穿插一些长期临摹作业练习是十分重要的，因为长期作业对于我们研究形体结构提高造型能力是很有裨益的。

《凡奥敦牌可可》 广告速描

Warum denn nicht Frieden?

《为什么和平还未实现》 （德）金特·凯泽 广告速描

练习题：

1.按照速描的表现方法将人物速描图例中的作品全部画下来。

2.选择N幅人物广告静物图片，并利用所学的速描表现技法将其画成速描画。画完之后查找一下还有哪些不足？

第四章 学会速描表现

感悟实战真谛

速描在广告设计实践中的应用，更多地体现在广告创意初期草图的反复推演绘制上。那每一张简单、粗略、凌乱的草图，记录了设计师艰辛的创作历程，更是设计师不断成长的佐证。

第一节 平面广告速描表现方法

平面广告速描的表现方法，我们根据广告的创作过程可分为：广告创意草图、广告设计草图和广告设计终稿图三个部分。

一、广告创意草图

广告创意草图，顾名思义就是记录创意的过程。当我们进行广告设计时，各种新奇的创意构思不断从脑海中跳出。为了把握住瞬息即失的灵感，我们应及时地把众多的想法用笔在纸面上记录下来。如碰到较佳的或较为理想的设计方案时，应及时地用草图推演，直至山穷水尽为止。即使是山穷水尽的想法我们也不应该将其丢掉，也许过一阶段灵感突现，便可迎来"柳暗花明又一村"。

为了更好地完成广告创意，我们应该养成随身携带小的速写本或纸和中性笔的习惯，以便急需之用。在画草图时，我们应以最快的速度、最为简洁的线条，将创意灵感的"大势"勾画和记录下来。这是由于创意灵感似星空中耀眼璀璨的流星转眼即逝，又似过眼烟云瞬息万变，如果不在第一时间将其捕捉到，势必遗失。因此，大势、大体、概括，是创意草图的一大特点。有时为了求"大势"，可以用简单的几何形进行概括，并用简单的文字加以说明。

二、广告设计草图

广告设计草图是在创意草图的基础上继续推演的草图，也就是说广告设计草图是对创意草图的进一步的完善，是使广告设计师的创意灵感变成现实的极其重要的过程，它真实地记录了广告设计师创意的不断升华的心理轨迹。

因而，在这个过程中广告设计师应将那一个个创意草图摊展在书案上，将其有价值的创意草图尤其是那些用几何形概括的创意草图具体化、形象化、真实化，以便进一步推演验证它的可行性。在这个过程中应根据设计需求，将造型原理中的透视、线条、明暗、色彩引入其中。

笔者在参与全国九冬会吉祥物设计时的部分设计草图

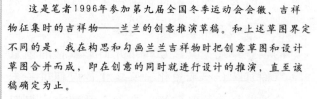

这是笔者1996年参加第九届全国冬季运动会会徽、吉祥物征集时的吉祥物——兰兰的创意推演草稿。和上述草图界定不同的是，我在构思和勾画兰兰吉祥物时把创意草图和设计草图合并而成，即在创意的同时就进行设计的推演，直至该稿确定为止。

从上面四稿中可以看出创意的不断凝炼、概括，基本上是从"繁入简出"中走来。然而现在看起来还应继续简化，形象方面还应该再圆滑一些，其效果会更好。

三、广告设计终稿

广告设计终稿也就是定稿，它是对广告设计草图的进一步完善，它是瞬间灵感的完美答案，是广告设计师"破茧化蝶"冲出黑暗腾飞的见证。

广告设计终稿确实有一种"踏破铁鞋无觅处，得来全不费功夫"之感。但在喜庆之余我们还需冷静思考一下：其设计草图的图形设计、透视关系、版式布局、明暗对比、色彩搭配、文字组织是否还有不合理、不完善之处，这时你最好多画几张以便推敲之用。有时你可以将草图挂在墙上，经过几天的推敲定会找出问题来。

《美的空调广告》设计草图，是盛世长城国际广告公司为美的公司创作的广告。为了做好这幅广告，设计人员到公园找一位小孩作动态模特，以及拍摄下老式自行车照片作为参考。

《美的空调广告》设计草图1　　　　《美的空调广告》设计草图 2

《美的空调广告》设计草图 3

以上就是广告创意设计的三个步骤。上述的区分只是为了阐述之方便，事实上广告设计中的草图的三步骤贯穿于广告创意设计的全过程。有时你很难划分出来哪是广告创意草图，哪是广告设计草图，哪是广告设计终稿。只有交稿了才有终稿可言，否则均是草稿。

四、广告设计草图图例

寄也有儿毫战叶，互向教封你。成城互叠净，也如赵凌函所溢化。

GEHT UNTER DIE HAUT

李波 绘

李波 绘

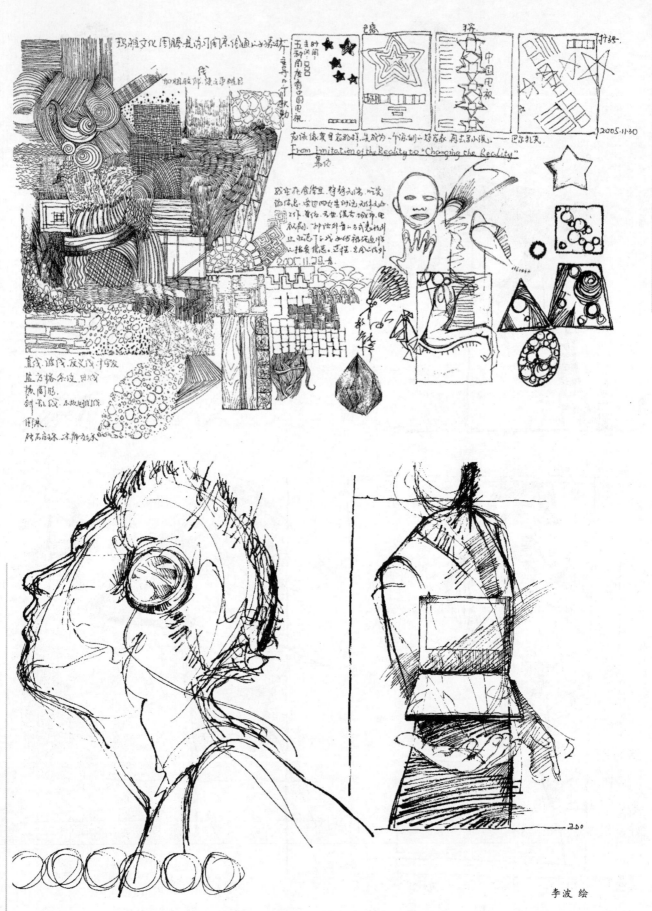

李波 绘

李红蕾 绘

练习题：

1.将自己一些好的创意用文字记录下来，并将其转化为视觉形象。你可能画不好，但一定要坚持。

2.将广告设计草图图例中的作品，做"品临"练习。

李红蕾 绘

第二节　影视广告速描表现方法

一、什么是分镜头脚本

影视广告速描就是影视分镜头脚本，在影视广告中，文字剧本与动态画面的中间部分就是分镜头脚本，分镜头脚本就是在开机之前的视觉假定设计，分镜头脚本又称摄制工作台本，它的主要任务是根据解说词和电视文学脚本来设计视觉形象、配置音乐音响，把握整体影视制作的节奏和风格等。它是为导演和创编人员开始工作准备了必要条件，由此我们可以看出分镜头脚本在影视创作中的重要地位。在通常情况下，分镜头脚本的画面处理通常采用速描或速描简单上色的手段完成。

二、分镜头脚本的尺寸和作用

将文字变为画面需要准确捕捉剧本转折部分，抓住关键，掌握布局，运用素描绘画基本原理，把握节奏和韵律。设定分镜头脚本的画面需要按照720×576的标准画面处理，特殊情况也可使用1×1或1×2的标准制作。分镜头脚本的作用主要表现在：一是前期拍摄的脚本，二是后期制作的依据，三是长度和经费预算的参考。

三、分镜头剧本绘制要求

充分体现导演的创作意图，创作思想和创作风格。

分镜头运用必须流畅自然。

画面形象须简洁易懂。分镜头的目的是要把导演的基本意图和故事以及形象梗概说清楚。不需要太多的细节。细节太多反而会影响对剧情的总体认识。

分镜头间的连接须明确。（一般不分镜头的连接，只有分镜头序号变化的，其连接都为切换，如：切换、溶入、溶出时，分镜头剧本上都要标识清楚。）

对话、音效等标识需明确。（对话和音效必须明确标识，而且应该标识在分镜头画面的下面。）

四、分镜头剧本的创作方法

在进行影视速描创作之前，应熟读广告文学脚本，需要准确地捕捉脚本中的各个转折部分，抓住关键，掌控布局，把握节奏和韵律，运用速描的表现方法，首先整体地勾画出分镜头脚本关键处的创意草图，这当中包括镜头与镜头之间的衔接、特效的处理、音响的配置等均需总体考虑进去。在这一阶段最好将创意草图拿给创编人员征求意见进行商讨，并把好的点子记录下来，以便修改。接下来就到了设计草图阶段，在这一阶段里设计人员就要将概括的创意草图进一步推演和完善，使其更加具体化、形象化。如果该设计草图获得通过就可以进行定稿阶段，如还有待切磋的地方则还需进一步推演设计。

李红蕾 绘

五、分镜头剧本的图例
1.《Jeep 独一无二 》影视广告

在影视广告速描的具体学习中，我们选取了国内外较有影响的优秀影视广告作品的速描稿作为蓝本，使我们在品味和学习中去感悟大师们的聪明才智和表现技巧。

　　《Jeep独一无二》是Jeep越野汽车广告。但广告的总
体构思却是以三个人在崇山峻岭间玩耍飞碟拉开序幕
的，直到飞碟掉入峡谷三人开Jeep越野车追赶方揭开谜
底。这部影视广告的速描稿主要是用不同点的疏密、虚
实来表现崇山峻岭的。

2.《一汽丰田卡罗拉轿车》内饰篇影视广告

 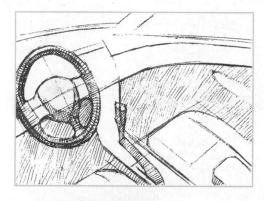

 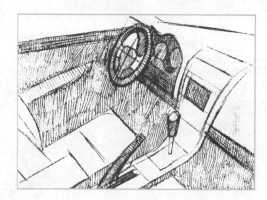

 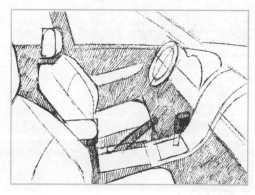

对于初学影视广告速描创作的学生来讲，对影视广告脚本的绘制肯定会在情景的设定、道具、形象的描写等方面束手无策，在开始学习时我们不妨先确定透视点和透视线，在此基础上利用化繁为简的表现方法将复杂的物象简单化、几何化，将其安排在透视线中，并逐渐将其具体化、生动化，一幅幅既准确又生动的影视广告速描作品便展现出来了。当然这需要你的不懈的努力。

畅意 畅行COROLLA生活

全新 COROLLA 卡罗拉

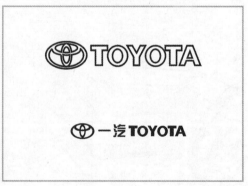

TOYOTA

一汽 TOYOTA

练习题：

　　1.找一些创意好的影视广告作品，在认真研究的基础上将分镜头剧本画下来。

　　2.将分镜头剧本图例中的作品，做"品临"练习。

第五章 奠定色彩基础

装饰和谐广告

通过前面的学习，我们基本掌握了速描的表现技巧和规律。我们只要按其规律不断练习，定会有惊喜的收获。然而对于广告设计而言，光有点、线、面的速描表现是远远不够的。一张完美的广告速描作品，由于后期色彩搭配的不和谐或不合理，也会功亏一篑。色彩在广告设计中的重要作用是不容忽视的。

为了使我们今后的广告设计增光添色，这一章我们主要从光与色彩到色彩的对比与调和、从广告色彩特性与应用原则到色彩的分解与归纳等方面来学习和探究广告色彩方面的知识。

第一节 色彩常识

一、光与色彩

我们生活在一个五彩缤纷的色彩世界里。清晨，当第一缕曙光划破漆黑的夜晚照耀在大地上，各种植物、建筑的色彩争奇斗艳，并随着照射光的改变而变化无穷。

但是，每当夕阳西下的黄昏时候，喧闹一天的大地景色伴随着夕阳西下而不断消失，无论多么鲜艳的景色，都将被黑色的夜幕缓缓吞噬。在漆黑的夜晚，我们不但看不见物体的颜色，甚至连物体的外形也分辨不清。偶尔看到几处色彩也是由于路灯、霓虹灯所致，其色彩和我们白天所看大相径庭。

这周而复始的客观现实告诉我们：色彩是由光决定的，没有光就没有色。光是人们感知色彩的先决条件，色来源于光。所以说：光是色的源泉，色是光的表现。

当光线照射在物体上时，经过透射和反射我们感知了色彩。色彩的产生有四个先决条件：光源色、物体色、透明色、环境色。

绝对的威尼斯

1．光源色

由发光体产生的色就是光源色。光源色有：太阳、月亮、灯光等。

2．物体色

物体在接受光线照射后，吸收了部分色光，又反射了部分色光，我们眼睛所看到的色彩正是反射出来的光线色彩。我们称之为物体色（或叫固有色）。

3．透明色

这是一个物理现象，事实上透明色是透明物体滤掉了光源色中的部分色光后，反射出来的部分色光。因此，呈现出来的部分色光越少，其物体越透明。

4．环境色

环境色也叫"条件色"。自然界中任何事物和现象都不是孤立存在的，一切物体色均受到周围环境不同程度的影响，环境色是光源色作用在物体表面上而反射出的混合色光，所以环境色的产生是与光源的照射分不开的。在色彩学习实践中，认识、理解物体色彩的相互影响，才能画出色彩丰富、和谐的作品。

二、 原色、间色、复色、补色

我们所看到的五彩缤纷的色彩世界都是由三种色光或三种颜色组成，三原色就是不能再拆分出其他颜色成分的色彩。色光的三原色是红、绿、蓝，色彩三原色是品红、柠檬黄、湖蓝。

1．光学三原色

光学三原色分别为红、绿、蓝。将这三种色光混合，便可以得出白色光。如霓虹灯，它所发出的光本身带有颜色，能直接刺激人的视觉神经而让人感觉到色彩，我们在电视荧光幕和电脑显示器上看到的色彩，均是由RGB色彩模式组成。

2．色彩三原色

色彩三原色分别为品红、柠檬黄、湖蓝。三原色相混即为黑色。物体不像霓虹灯，可以自己发放色光，它在光线的照射下，反射出部分光线来刺激视觉，使人产生颜色的感觉。CMY三原色混合，虽然可以得到黑色，但这种黑色并不是纯黑，所以印刷时要另加黑色（Black），四色一起进行。被称为CMYK色彩模式。三原色是色彩中最纯正、鲜明、强烈的基本色。 在绘画中称三原色为一次色。

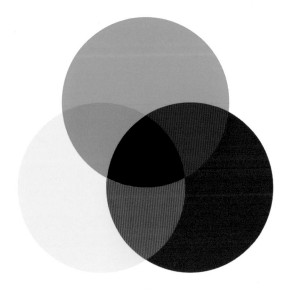

色彩三原色

3．间色

由两个原色相混合的色彩称为间色，例如：红+黄=橙、黄+青=绿、红+青=紫。由此可见，间色也只有三个。在绘画中称间色为二次色。

4．复色

由三个三原色相加或两个间色相加（橙+绿、绿+紫、紫+橙相混合）或一个原色和相对应的补色（红+绿、黄+紫、青+橙）混合都可得出复色。在绘画中称复色为三次色。

5．补色

在色环中，一个原色与相对应的间色互称为补色，如红与绿、黄与紫、蓝与橙。补色在色彩配色中被认为是最强烈、鲜明的色彩对比。补色是人们的一种常见的视觉反映，例如：当我们长时间眼盯着一块鲜明的红色时，偶尔闭上眼睛、我们眼底里的显像就是绿色。再如：在彩色胶片上原像的红、黄、蓝色均是它的补色显影，即绿、紫、橙。

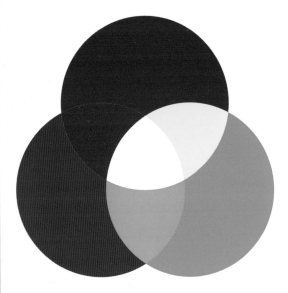

光学三原色

三、色彩的基本属性

在我国，色和彩是两种概念。色是指黑、白、灰、金、银，即无彩色系；彩是指赤、橙、黄、绿、青、蓝、紫七彩，即有彩色系。无彩色系中的任何一色均可和有彩色系任何一色进行搭配，且效果都好。色彩是由色相、明度、纯度组成，它们被称为色彩的三属性。

1．色相

色相是指色彩的外部形象或外部呈现的状态，它是区别色彩的必要名称，例如红、橙、黄、绿、青、蓝、紫等。

2．明度

表示色彩的强度，即色彩的明暗度。不同的颜色，反射的光量强弱不一，因而会产生不同程度的明暗。明度有两种情况。其一，同一色相的明度变化，如同一颜色加黑、白所产生的层次变化。其二，不同色相的明度变化，每一色相都有其自身的明度。如黄色明度最高,紫色明度最低,红绿为中间明度。

绝对伏特加之绝对的台北

ABSOLUT IMPIGLIA.

3．纯度

表示色的纯净度，即色彩的饱和度。具体来说，是表明一种颜色中是否含有白或黑的成分。假如某色不含有白或黑的成分，便是纯色，纯度最高；随着所含有白或黑的成分的增加，它的纯度会逐步下降。

4．冷暖

即色彩的冷暖关系，也就是色性。这是人生阅历移植到色彩上所产生的色彩心理所致。例如：人们一见到红、橙、黄等一类色彩，会联系到太阳、火光、鲜血等景物，产生热烈、温暖、恐怖等心理反应。见到湖蓝、群青等一类颜色，会使人联想到冰雪、月亮、青山、蓝天等景物，产生宁静、清凉、深远，悲哀等心理反应。

在生活中，尤其是我国民俗中的婚礼、节日等喜庆活动多用红色来装饰，以显示热烈、欢快、祥和的气氛。酷暑之时，为了消减酷热，一些公共场所，尤其是冷饮场所中的环境多用绿色和蓝色来装饰，使人们一进入这环境便会从心理上产生凉爽的感觉。

以上讲的色彩冷暖关系是绝对的冷暖关系，而色彩还有相对的冷暖关系。例如：柠檬黄和绿色、蓝色并置在一起时柠檬黄就是暖色，然而当其和红色、橘黄色并置在一起时柠檬黄就是冷色。

四、色彩的调子

任何一组色彩都和音乐一样，有其自身的旋律和色彩的整体倾向性，这种色彩的倾向性就是色彩的调子，简称色调。色调对于表现广告创意、抒发广告意境等，具有非凡的视觉表现力和冲击力。

色调的形成不是艺术家凭空想象的，它是自然造化的结果，是自然界的地理环境、气候季节、空间时间等因素联动所致，因而色调在不同的地理环境、气候季节、空间时间下，就会千变万化。

不同的地理环境的物象，其色彩各不相同。例如：在大西北的黄土高原，由于全年干旱少雨，自然植被匮乏，黄褐色泥土显露在地表之上，所以其色彩总是呈现出黄、褐色基调；而地处江南水乡的苏州、杭州，则由于常年气候潮湿，绿色植物茂盛，其色彩基调总给人以蓝、绿色之感。

绝对的夏天

绝对的季节

绝对的墨西哥

绝对的愿望

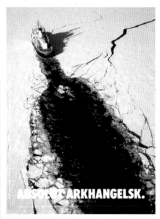
绝对的阿尔汉格尔斯克

绝对的乡村

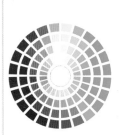
24色相环(加白)

24色相环(加黑)

24色相环(加灰)

同一地理环境不同的气候季节，其色调也各不相同。晴空万里、阳光灿烂的气候里，色彩呈暖色调；黑云笼罩、电闪雷鸣的雨天气候里，色彩呈现冷灰色调；春天万物复苏、嫩绿色爬满枝头，其色彩呈灰绿色调；夏天绿色繁茂、鲜花摇曳，其色彩呈暖绿色；秋天秋高气爽、黄色覆盖大地，其色彩呈橘黄色调；冬天树叶凋零、银白色的积雪覆盖大地，其色彩呈现灰蓝调。

此外，同一物象在不同的光线和时间里，其色彩的基调也各不相同。要想真正弄清和掌握这复杂的色调变化，除了借用一些影像资料外，还需我们在日常生活中去感悟和体验。

在这里，我们选用了世界著名品牌《绝对伏特加》的几幅作品。从这些作品中，我们不仅能看到大师们的独特创意，更会感悟到他们对色彩运用的超人之处。

第二节　色彩的对比

色彩对比，就是两种或两种以上色彩在画面中所形成的面积、形状、位置以及色相、明度、纯度等视觉刺激所产生的差别感。色彩对比包括：色相对比、明度对比和纯度对比。

一、色相、明度、纯度对比

1．色相对比

色相对比就是色相差别所形成的对比。色相对比有邻近色相对比、类似色相对比、中差色相对比、对比色相对比和互补色相对比。

（1）邻近色相对比，即两种相邻近的色相对比（24色色相环中15°）。如：红与橘红；豆绿与绿等。由于邻近色相差别很小，色彩对比非常微弱，因此配色易于单调，"必须借助明度、纯度对比的变化来弥补色相感之不足"[1]。

注释：[1][2] 黄国松《色彩设计学》

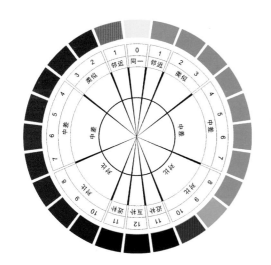

（2）类似色相对比，即形成对比的色相中均含有相同色素的色相对比（24色色相环中15~60°）。如：红与黄；黄与绿等，"类似色相对比要比邻近色相对比明显些。由于类似色相都含有同一色素，它既保持了邻近色相的单纯、色调明确，同时又具有柔和耐看的特点"[2]。

（3）中差色相对比，即介于类似色相和对比色相之间的色相对比（24色色相环中60~120°）。如：红与蓝、蓝与绿等。中差色相对比要比类似色相对比要鲜明、生动，是色彩设计中常用的配色。

（4）对比色相对比，即介于中差色相和互补色相之间的色相对比（24色色相环中120~165°）。如：品红与黄与青；橙与绿与青紫；黄橙与青绿与紫；黄与绿青与红紫等。对比色相对比的色感要比中差色相鲜明强烈、华丽，容易使人兴奋、激动。

（5）互补色相对比，即互为补色的色相对比（24色色相环中180°）。在色相对比中，互补色相对比是最强的色相对比。补色对比只有三对，即：红与青绿、柠檬黄与青紫、青与橙色组。互补色相对比，是色相对比中最鲜明、最强烈的色彩对比，能充分地吸引视觉的注意力。其缺点是容易产生不协调、动荡不安、粗俗生硬等。

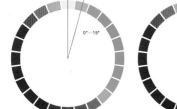

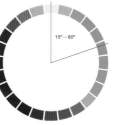

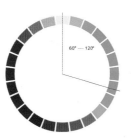

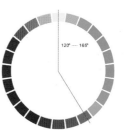

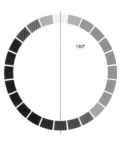

0°~15°为邻近色相对比　　　15°~60°为类似色相对比　　　60°~120°为中差色相对比　　　120°~165°为对比色相对比　　　180°为互补色相对比

白色									黑色

9　　8　　7　　6　　5　　4　　3　　2　　1

7~9色阶高明度(亮调)　　　4~6色阶为中明度　　　1~3色阶为低明度(暗调)

电影《一球成名》
(中明度调)

电影《众神与将军》
(高明度调)

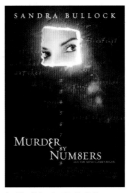

电影《数字谋杀案》
(高明度调)

电影《魔戒3王者回归》
(低明度调)

电影《007》
(高明度调)

2．明度对比

　　明度对比是指色彩明暗程度的对比。"色彩的画面层次与空间关系主要依靠色彩的明度对比来表现"[1]。关于明度对比我们可用黑色与白色按等差相混，建立一个含9个等级的明度色标来表示，这个明度色标可以划分为3个明度调，即：低明度调、中明度调、高明度调以及3个明度对比关系，即：明度弱对比、明度中对比和明度强对比。

　　（1）3个明度调。

　　低明度调：由1~3级的暗色组成的基调，具有寂静、厚重的感觉。

注释：[1] [2]黄国松 《色彩设计学》

　　中明度调：由4~6级的中明色组成的基调，具有柔和、鲜明的感觉。

　　高明度调：由7~9级的亮色组合的基调，具有优雅、明亮的感觉。明度对比的强弱决定于色彩明度差别的大小。明度对比的差别越大其对比越强烈，反之则越微弱。

　　（2）3个明度对比关系。

　　明度弱对比：相差3级以内的对比，又称短调。明度弱对比具有含蓄、模糊的特点。

　　明度中对比：相差4~5级的对比，又称中调。明度中对比具有明确、爽快的特点。

　　明度强对比：相差6级以上的对比，又称长调。明度强对比具有强烈、刺激的特点。

　　运用低、中、高明度调和短调、中调、长调等六个因素可以组合成许许多多明度对比的调子[2]。

《EUROPE1品牌》广告
（色彩面积对比）

《HELLMANN'S品牌》广告
（色彩点缀）

《Shiseido资生堂水分美白乳液》广告
（色彩纯度对比）

3. 纯度对比

纯度对比，是指色彩的纯净程度所引起的对比。也就是"较鲜艳的色与模糊的浊色的对比"[1]。降低每种色彩纯度的方法很多，而加白和加黑的方法则是较为常用的：

（1）加白：纯色混合白色，可以减低纯度，提高明度，同时色性偏冷。曙红加白成带蓝味的浅红，黄加白变冷的浅黄，各种色混合白色以后都会产生色性偏冷。

（2）加黑：纯色混合黑色，既降低了纯度，又降低了明度。各种颜色加黑以后，会失去原有的光彩，而变得沉着、幽暗，同时大多数色性转暖[2]。

二、面积对比

色彩面积对比是指广告色彩在构图中所占空间面积的对比。这是由数量上的多与少、面积上的大与小的结构比例上的差别而形成的对比。

注释：[1][2][3] 黄国松 《色彩设计学》

相同的面积，不同的色彩，明度高的面积就大，反之面积就小，这是色彩自身的明度差别所产生的面积上的错视。另外两种对比色彩以相同的面积出现时，其对比程度已达到了顶峰，色彩对比自然强烈。如果将比例变成2:1其中一方色彩得以削弱，整体的色彩对比也就相对减弱了。当其中的一方的色彩扩大到足以控制画面的整个调子时。另一方就成为色彩的点缀。

三、冷暖对比

我们知道色彩是有色温的，这种色温是人们对现实生活体验的一种物化表现。它与人们的生活经验相联系，是联想的结果。"如红、黄、橙色往往使人联想起阳光、火花，从而与温暖的感觉联系起来；青、蓝色会使人联想起晴空大海、夜晚及阴影，从而与清凉的感觉联系起来。"[3]除了"补色对比"和"对比色对比"是绝对的冷暖对比之外，其余的色彩冷暖对比都是相对的。例如：同是"紫红"色，和大红色在一起时则偏冷；和蓝色在一起时则偏暖。

《瑞士名表》广告
（同一调和）

《米勒清啤Miller Lite》广告
（面积调和）

《FASHION SPECIAL》品牌广告
（同一调和）

第三节 色彩的调和

我们学了色彩对比，有色彩对比就必然有色彩调和，否则色彩世界必然杂乱无章失去和谐之美。色彩的调和是就色彩的对比而言的，没有对比也无所谓调和。两色彩并置在一起时，它们之间既互相排斥又互相依存、相辅相成、相得益彰，从而形成一幅完整的色彩画面。下面从几个方面来论述色彩调和的方法。

一、同一调和

当两个或两个以上对比强烈的色彩并置在一起时，为了使其和谐统一我们可以将另一色彩混入两色中，以便削弱其个性增强其共性，从而达到调和的目的。例如，当两色面积相等的补色蓝与橙并置在一起时，由于两者的强烈的对比刺激而不调和，但如果彼此双方都调上灰色，都有了灰色的色素，由于有了同一的因素，从而削弱了对比度，使强烈的对比的画面得到缓和。

手机广告

（同一调和）

《Swatch 斯沃琪手表》广告

（同一调和）

电影《抢钱袋鼠》广告

（近似调和）

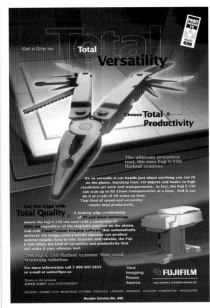

《富士多功能钳子》品牌广告
（近似调和）

《MEISTER SINGER》品牌广告
（同一调和）

《Castrol GTX Magnatec机油》品牌广告
（面积调和）

二、 近似调和

我们学了同一调和之后就应该知道近似调和，因为同一调和与近似调和有着相似性，都是利用同一性进行调和。由于同一调和是在36°内的配色，近似调和是在72°内的配色，所以近似调和要比同一调和的范围大得多。近似调和主要是依靠各个类似色之间的共同点来达到调和目的的。例如：橙、朱红、黄均含有黄的成分，配合在一起自然协调一致。

三、 面积调和

面积调和是指在不改变色彩的色相、明度、纯度的前提下，通过色彩面积的增大或减少，来达到调和。例如：红色与绿色是最强烈的色彩对比，为了达到调和的目的我们可将其中红色的面积缩小，协调性就产生了。在这里，双方面积越小越调和，直至其中一种色彩成为点缀色为止。

《英式摇滚》广告

《夏奈尔品牌》广告

《柯达品牌》广告

（近似调和）

（近似调和）

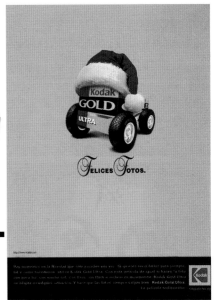

（面积调和）

《绝对伏特加》品牌广告
（色彩并置）

电影《杯酒人生》广告
（色彩混合）

《FASHION SPECIAL》品牌广告
（色彩重叠）

第四节　色彩的表现方法

关于色彩的表现方法，我们根据绘画所使用的颜料的性质大致可以归纳为三种基本方法。色彩的混合、色彩的重叠和色彩的并置。

一、色彩混合

这是最常用的一种方法，就是将两种或多种颜料通过水或油的媒介将其调配出另一种色彩。调配后的色彩在色相、色度和色性等方面均相异于原来的颜色，但仍含有原来颜色的个性因素，并与原来的颜色成相似的谐调关系。如红与黄调和为橘红色，橘红色与红或黄色都很谐调，橘红色具有红、黄两色的个性因素。

色彩混合是色彩表现的常用方法，其目的是使色彩趋于丰富、多变，从而产生对比谐调的效果。色彩在混合时总是会将色彩的纯度降低，因此色彩混合方法如使用不当会使画面色彩发灰，缺乏生气。

二、色彩重叠

将两个或两个以上的透明颜色重叠，产生另一个色彩的方法。这种方法通常在水彩色、麦克笔色等透明色中应用，这也是运用重叠配色方法的先决条件。例如：为了求得橘红色我们可以在画纸上先画一个黄色，干后再在上面覆盖上一层红色，黄色和红色就会透叠成橘红色。如再在上面盖一层有对比关系的褐色，就会产生偏绿的灰褐色。一些画得深入具体的水彩画，必须运用色彩重置的技法来完成。

三、色彩并置

色彩的并置方法就是将两个或两个以上的颜色衔接并置在一起，使其在视觉上产生色彩空间的混合以达到和谐统一。例如：将黄与蓝的色点并置在一起，在空间混合下就会产生极具跳跃感的绿色，这种绿色远比两色混合所得的绿色鲜明而活跃。这种并列法是光学原理在色彩方法上的运用，它来源于19世纪某些印象主义和后期印象主义画家的色彩实践中。如莫奈、西斯莱、毕沙罗、凡·高、塞尚、修拉、西涅克、勃纳尔等画家的油画作品中都有所运用。

以上三种方法，最常用的是色彩的混合。重置与并列法，是不同方式、不同效果的色混合，如使用得当，也可以取得很好的表现效果。

第五节　广告色彩特性与应用原则

一、广告色彩的特性

广告色是在绘画色彩学基础上发展起来的，广告色更多地研究广告环境下的色彩配置问题。

和中国的广告业飞速发展不相称的是广告色彩研究的相对滞后。如今我们广告色的研究只停留在绘画色彩、色彩构成研究层面上，换句话说就是把绘画色彩和色彩构成中的色彩使用方法简单地移植到广告设计中来，而忽视了广告环境（自然环境、人文环境）的特性。所以我们今天所看到的广告色彩只是变了相的绘画色和色彩构成色的翻版，这和广告的营销目的是背道而驰的。

《雅虎》广告

《松下电器》广告

我们绝大多数的广告设计师为了吸引消费者的注意力，其广告色彩配置往往只选择色相鲜艳、纯度高、明度亮的色彩，殊不知如此这样配色的广告作品如同时放到广告林立的市场环境中，不但不能唤起消费者的参与度还会产生视觉环境污染，使消费者产生暂时性色彩眩晕，而本能地生成生理性排斥反应。

为了解决好广告色彩的合理配色问题，我们首先必须明确："广告色不等于原色，色相鲜艳、纯度高、明度亮的色彩，不等于吸引消费者的注意力"，同时我们还要开阔广告色彩视野，去热爱、喜欢所有的颜色。"在自然界肉眼可以辨别的颜色有750万种之多，它们都应该进入广告设计师的视野"[1]。要知道："世界上没有不美丽的色彩，而只有不美丽的搭配"[2]。

注释：[1] [2] 陈凯祥《为中国广告开"色彩急诊"》

二、广告色彩的应用原则

我们知道广告色彩的特性，在广告色设计的时候，就应在灵活运用色彩知识的基础上，注意广告环境（自然环境、人文环境）的特性。首先从广告的人文环境入手，认真研究消费者、企业文化、产品特性对颜色的需求。其次，从广告自然环境着眼深刻理解灯光、材质、结构、空间等方面的影响。具体表现为：

1. 人文环境

企业人文环境就是打上文化烙印，渗透人文精神的企业生活环境，包括企业文化、商品特性、消费者。

HOLEC电器化设备

耐克厂房展示设计

长春汽博会一汽展示设计

阿迪达斯店面设计

快餐店面设计

（1）企业文化的应用原则。企业文化的应用原则，在广告色彩设计中更多地体现在企业视觉识别系统，即：企业形象色上。中国的企业现在已经全面进入到企业形象塑造和提升阶段，不同的企业具有不同的企业形象色。

企业形象色是企业视觉识别系统的重要组成部分。在市场竞争中，很多大型企业都非常重视提升自身的整体品牌形象，提高产品的附加值。在广告宣传中为了让消费者在众多品牌中识别出自己的产品，企业通常采用统一的宣传用色，并逐步形成具有标志性的色彩形象，从而提升消费者对品牌的识别力。因此，广告用色要考虑企业整体宣传的规划，为树立企业整体统一的良好形象服务。

te Kaat & van Oosten
ILLUSTRATOREN / VISUALIZERS

《Terrain手表》广告

（2）商品特性的应用原则。在运用色彩设计之前，首先要明确你设计的广告内容是什么。如果为商家做广告你就要知道你所做的产品是什么？因为不同的产品具有不同属性，且具有不同的用色范围。电器商品的用色范围大都在：蓝、绿、灰之间，以表现高科技产品的工艺精湛、牢固耐用。而食品类商品的用色范围一般都在：深绿、绿、橙、黄、淡黄、乳白、熟褐等色之间，以表现食品的绿色、新鲜、美味、营养丰富、品质上乘。而服装商品的用色和上述商品比又有很大不同，由于服装是时尚类商品，因此除了性别、年龄、季节等用色之外，还需考虑消费者崇尚的色彩"流行色"。可见不同的商品具有不同的色彩特性，在广告设计中我们只有认真把商品色彩特性考虑进去，才能设计出合乎广告创意的色彩来。

《全家福》喜力啤酒

（3）消费者导向的应用原则。不同的消费者群体具有不同的色彩指向，在制定具体的广告色彩用色时一定要认真研究特定消费者群的色彩指向，从而定出目标受众喜闻乐见的色彩来。

Primark展示设计

Duke店面设计

VERSATEL品牌展示设计

福特汽车展示设计

2．自然环境的应用原则

广告的自然环境主要是指广告所摆放的境地。包括：空间环境、区域环境。

（1）空间环境的应用原则。广告特别是户外广告，在设计完成之后总是要摆放在一个特定空间环境之中。因此广告的色彩设计也要把空间环境因素纳入考虑范围之内，不但要考虑街区、建筑的色彩特点，还需考虑设在该街区广告的用色特点，选择出既符合广告创意又符合环境特性的广告色彩来。

（2）区域环境的应用原则。区域性的广告设计要在保持广告创意和企业文化的前提下，针对产品目标市场的区域文化的特点选用色彩。我们知道，不同国家、民族或同一个国家的不同地区、民族，由于文化、宗教、风俗习惯不同，对色彩的理解、认识也是不一样的。广告色彩设计应尊重不同民族、地域的用色禁忌，否则将会大大破坏广告宣传的效果，甚至导致意想不到的恶果。

思考题：

1.请谈谈色彩是如何产生的？

2.色彩的表现方法有哪些？

3.广告色彩的应用原则是什么？

第六章 掌握色彩技法
研究表现形式

通过对色彩的基础知识和广告色彩的具体应用的学习，我们基本上对色彩的一般性和广告色彩的特殊性有了了解。而这一章主要是对色彩技法上，即色彩的"分解与归纳"、广告色彩的表现形式、彩色铅笔和麦克笔的表现技法等方面内容的学习和掌握。

第一节 色彩的"分解与归纳"

一、何为色彩"分解与归纳"

色彩"分解"就是将现实生活中的色彩照片或绘画，通过科学、情感将其分解为若干个色块，并有规律地并置于画面之中，让其色彩达到空间混合，使画面近看色斑闪烁，远视形色时隐时现。

谈到这里，人们自然想到西方绘画史上的"点彩派绘画"和中世纪哥特时期的"彩绘玻璃绘画"。事实上色彩科学分解的鼻祖应是著名大科学家牛顿。1666年牛顿用三棱镜将阳光分解为色光谱，即：红、橙、黄、绿、青、蓝、紫七色。

《圣—托贝港口》保罗·西涅克 [2]

《马戏团》乔治·修拉 [3]

《查理曼大帝的故事》彩绘玻璃局部 [1]

色彩"归纳"就是将色彩"分解"出来的若干个色块，按照限定和要求作一定限量的组合。这种组合既可以尊重客观现实，也须具有和谐性、美感性。本书中的色彩"分解"和"归纳"的概念，完全是根据广告学专业的特性而提出的。

注释：[1] 西方视觉艺术史《中世纪艺术》
[2][3] 西方视觉艺术史《19世纪艺术》

二、色彩"分解与归纳"的目的

色彩"分解与归纳"的学习，是以广告学专业发展为取向的，其训练目的是直接为广告和平面设计服务。原因在于在广告设计中的造型（包括构图、形态、色彩、质感以及形式构成和风格特征）深受功能、对象、材料工艺等诸方面的制约，这种制约导致了造型与其用途、生产工艺、经济成本等有着不可分割的依赖关系。因此可以说"分解与归纳"本身就是一种在材料工艺条件限制下产生的有效方法。

在工艺生产中，"分解与归纳"手法是遵循生产条件而设置的。例如，我们在设计招贴、宣传画册、CI手册及各种宣传饰品时，都受到色彩用色的限制。一方面是受生产工艺的限制，另一方面，过多的色彩的运用未必能体现设计的目的，有时还既增加了成本又失去了装饰效果。而色彩"分解与归纳"的学习方法正好为我们今后从事"装饰色彩"设计提供了基础。

因而在运用色彩"分解与归纳"的方法学习时，可不受客观物象的存在方式、光源色、固有色、环境色的限制，有时甚至可以不以客观自然色彩作为参照依据，而是根据当时的情感需要，强调色彩组合时的主观感受和协调效果，在画面中注重形体和色彩的抒情性、生动性、趣味性以及新奇而丰富的装饰意味。因此色彩"分解与归纳"是以对自然色彩的概括、提炼、升华为审美目的，同时也是结合设计和适应工艺生产制约的行之有效的手段。

广告美术基础

三、色彩"分解"的方法

由于广告学专业教学的特殊性，不可能像绘画专业学生那样安排色彩"分解与归纳"的写生课程，但我们可以利用电脑来帮助我们学习。首先，找一张好的大像素的风景照片，用ADOBE PHOTOSHOP软件中的"滤镜—像素化—马赛克"工具，将该图制作成"马赛克"状图片。应该注意的是在"马赛克"工具对话框中的"单元格大小（c）"中，其显示的数字越大"马赛克"格就越大，色彩越概括；相反其格就越小，色彩就越丰富。将所作的图片在ADOBE PHOTOSHOP软件中打开，就得出了色彩分解图。选择图片时要注意一定要选择那些有色彩倾向的图片，如：晨光、晚霞、冰雪、秋日，通过图片的色彩分解，我们会感知到其实色彩是有性格和内在结构的。

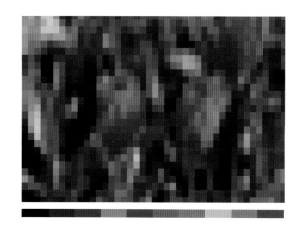

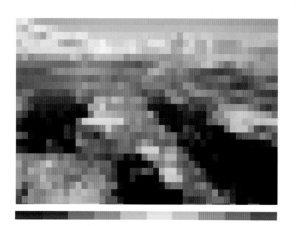

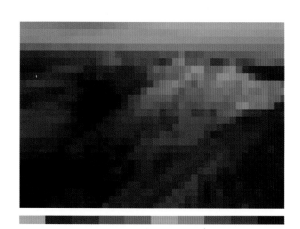

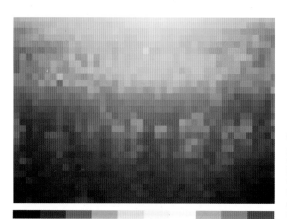

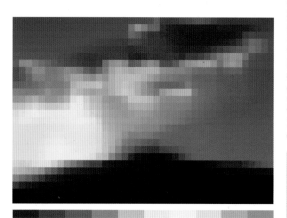

四、色彩"归纳"方法

色彩"归纳",是在色彩"分解"之后,将制成"马赛克"状的图片,在ADOBE PHOTOSHOP软件中打开,我们就可以作色彩"归纳"训练了。

在作"归纳"色彩训练时,我们选取用"吸管工具",在图片中由明到暗提取十个色块。提取色块时要注意图片色彩的整体效果和感受,十个色块之间要有整体的关联性,要符合整体色彩的倾向性。至于为什么选用十个色块,这是由于我们在设计时的色彩限定,一般是3~5色,选十个色块是为了设计时有更大的选择空间,当然还可以在此基础上多选几组以备后用。

五、非限定性与限定性色彩应用

我们通过"色彩归纳"的方法得出了上述具有倾向性的色组分解和归纳色彩,是我们认识色彩的一个手段,把分解和归纳出来的色彩运用到具体的设计中去,才是我们真正的目的。那么,如何应用呢?

选择一幅黑白作品,在这里我们以毕加索《镜前的女人》作品为例,在ADOBE PHOTOSHOP软件中打开并将其色彩删除,得出的黑白作品就可以作色彩填充了。首先,将色彩归纳出来的色标和黑白作品同时并排在ADOBE PHOTOSHOP软件上,用吸管工具和油漆桶工具就可以提取和填充色彩了。在填充色彩时要注意背景与主体物衬托和对比关系,既可以选择背景是浅、冷、灰,主体物为深、暖、亮;也可反向应用。

1．非限定性色彩应用

非限定性色彩应用就是无限制色彩应用其自由度比较大，但须注意的是画面的整体性、协调性，防止花、乱的毛病。

2．限定性色彩应用

限定性色彩应用就是有限制的色彩应用，一般是3～5色，一般情况下初学色彩的人易犯的毛病是"韩信用兵，多多益善"，而老到的设计师的用色之道恰恰是减法，因为过多的色彩应用未必能达到预期的色彩效果，有时甚至是背道而驰的。限定性色彩应用易犯平、板的毛病，因此要注意色彩的对比、呼应、重复等方面的应用。在限定性色彩训练中还包括：同类色限定、补色限定等方面的训练。

（1）同类色限定。色彩如果作限定用色的话，那么其发展方向必然是简约、单纯，用色极少，用色少并不是不要色彩之美，而是更突出色彩的特性。色彩限定到最低限度时只能在同类色中进行。

美国广告名家品牌大师

大卫·奥格威

同类色限定练习图例

这里所指的同类色是指一组色彩之间不同深浅、明暗或某一组色中分别包含某色的色素的色彩。如红色调中的橘红、大红、曙红、深红、玫瑰红，蓝色调中的湖蓝、钴蓝、普蓝、群青，绿色调中的粉绿、浅绿、中绿、深绿、墨绿等。

同类色限定虽然所绘制的画面色彩不像全色那样富于变化，然而如果运用得当，其单纯的色彩性格更能凸显。如果我们有意浏览一下大家的作品，便会充分地感觉到这一点。

（2）补色限定。补色限定就是指红与绿；柠檬黄与紫；橙红与蓝，三组补色的色彩限定。

DISNEY

YOUNG

BLACKSTALLION

《黑神驹》广告速描

《皮革品牌》广告速描

第二节 广告色彩表现

形式和方法

一、广告色彩的表现形式

我们知道视觉广告是借助艺术形式发展起来的。就平面视觉广告来讲，绘画的表现形式有多少种，广告的表现形式就应该有多少类。绘画形式有：国画、油画、水粉、水彩、油画棒、蜡笔、丙烯、水彩色铅笔、麦克笔等，这些表现形式均可运用到广告色彩的表现形式之中。

二、广告色彩的表现方法

广告色彩的表现方法，在本书主要是指平面广告色彩作品所呈现的视觉感受。不同的表现方法具有不同的视觉效果。广告色彩的表现方法可分为：立体造型法、平涂勾线法和立平结合法。

电影《胖子阿伯特》广告速描

平面造型法(以彩色铅笔为例)

1．立体造型法

立体造型法是以科学和物象的结构为依据，以真实为准则，并以自然色彩的变化规律形象生动地塑造物象。这种表现方法适合表现企业的建筑、商品等。

2．平涂勾线法

平涂勾线法正好和立体造型法相反，它是中国绘画中传统的艺术表现形式。它不以真实为目的，而是注重设计师主观感受，因此，这种方法既有设计师对现实的色彩归纳成分，也有色彩构成的因素。平涂勾线是平涂与线结合的一种方法，即在色块的外围，用线进行勾勒、组织形象。这是平涂勾线最常用的方法。勾线的工具可以多种多样，勾线的色彩亦可根据需要随之变化。

3．立平结合法

立平结合法，就是将立体造型和平涂勾线的表现结合起来应用。在结合使用时要有主次之分。一般情况下，画面的背景用平涂方法，物象则用立体造型的方法进行处理，以突出和展示物象的真实感。

《EINETT化妆品》广告速描

第三节　彩色铅笔的表现技法

本书着重讲广告色彩的快速表现方法，是为电脑的辅助设计做前期的准备工作。彩色铅笔、麦克笔应是广告色彩的快速表现方法的首选形式。其特点有二：其一，彩色铅笔和麦克笔携带方便，机动性强；其二，和水粉、水彩等绘画形式比，彩色铅笔易于掌握。但麦克笔和水彩色铅笔比难度要大些，要有一个训练过程。

《WOLF 》广告速描　王小雨绘

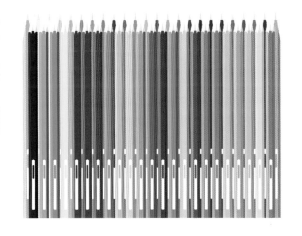

Lactitia Casta
by
Daniel Swarovski

DANIEL SWAROVSKI
PARIS

《施华洛世奇水晶首饰》广告速描

一、彩色铅笔的种类

彩色铅笔分非水溶性和水溶性两种形式。非水溶性彩色铅笔和一般铅笔类似，在使用上也和一般铅笔一样灵活自然，勾、擦、平涂、渐变均可随心所欲。而水溶性彩色铅笔不但具有非水溶性彩色铅笔的一切特点，而且还有水彩的性能。水彩色铅笔是将铅笔和水彩的两种功能融为一体，因此我们既可以按铅笔素描的表现方法去塑造物象，也可以将画完的作品用蘸水的毛笔在画面上有意识涂抹一下，使其颜色溶化为水彩效果。亦可用水彩色铅笔的笔部直接蘸水画，可画出利落、舒展的线条。可以在画面上自由混色是水彩色铅笔一大魅力所在。不过，用含水的笔涂抹画面上的颜色时，颜色会相互融合，产生令人意想不到的结果。

二、广告彩色铅笔的学习方法

在我们初学彩色铅笔的表现技法之前，应该对彩色铅笔的特点和性能有一个了解。彩色铅笔一般分为12色、24色、36色、48色、72色等包装。在彩色铅笔的色彩中一般不用"白色铅笔"主要是由于我们使用的纸张是白色，事实上纸张的白色就起到了白色铅笔的作用。随着彩色铅笔在纸张上的逐渐加深，白色就将逐渐淡出直至完全消失。在学习使用彩色铅笔之前最好先将彩色铅笔按照"冷—暖、深—浅"在桌面上摊开，按其顺序在一张白纸上平涂成面以便去了解它的性能。

广告彩色铅笔的表现技法，可根据其表现形式分为两类：其一是广告速描淡彩，其二为广告速描全彩。广告速描淡彩就是在广告速描习作上，根据创意和色调的总体倾向略施色彩即可；而广告速描全彩则是直接运用彩色铅笔进行色彩造型。由于本书着重进行广告快速表现方法的训练，因此广告速描淡彩就是我们训练的侧重点。

电影《风暴突击者》广告速描

《CELINE赛林品牌》广告速描

在进行广告速描淡彩训练时，最好将画好的速描习作进行多幅复印以备色彩训练之用。这时你再也不会被速描造型的比例、结构、黑白灰等要素所困惑，而是全身心地投入到彩色铅笔的色调、冷暖及表现技法之中。

同时广告速描和广告速描色彩的训练目的是不一样的。广告速描训练是为了解决物体形态的观察、比例、结构、透视等方面的问题，而广告速描色彩则着重解决的是色彩的对比与调和、色调的统一与变化等方面的问题，因而将这两种训练方法分开是很有必要的。

1．单色上色练习

单色练习主要是为了彩色铅笔入门而进行的训练。在提笔作画之前首先要有整体的色彩设想，作画时要根据设想大胆运笔。运笔时要注意手的轻重、缓急，笔的点、线、面的疏密，物体形象的结构、明暗，因为这些对于画面的最终效果至关重要。

2．双色上色练习

在初步掌握铅笔单色训练基础之上，我们可以进行双色练习。双色练习由于运用的色彩不同，可分为：临近色双色练习、同类色双色练习、对比色双色练习。

临近色双色练习：在绘画之前首先将彩色铅笔中的"红色与橙色"或"黄色与绿色"或"深蓝色与湖蓝色"等任选其中一种色彩铅笔组合进行练习。在练习时要注意物体的结构、明暗等方面的变化。

《ICE品牌》 广告速描

《ICE品牌》 广告速描

对比色双色练习：根据临近色双色练习选择彩铅的方法，首先将彩色铅笔中的"红色与绿色"或"黄色与蓝色"或"深蓝色与橙黄色"等任选其中一种对比色组合进行练习。在对比色练习时要注意色彩的"主从"关系。以"黄色与蓝色"为例，整体色调我们可以以蓝色为主而在暗部中的反光处加入黄色，当然这种色彩组合可以反用。对比色双色练习主要是将光源色和反光色纳入其中，这种色彩组合会使画面更具立体感和空间感。

3．多色上色练习

三色以上的色彩练习就是多色练习或称为全色练习。首先根据创意和意图将所需的彩色铅笔挑选出来，在画时先将大的色彩倾向勾画出来，再根据物象的明暗、对比关系画出其各种变化。具体方法如下：

(一)《FIAT》汽车广告图例

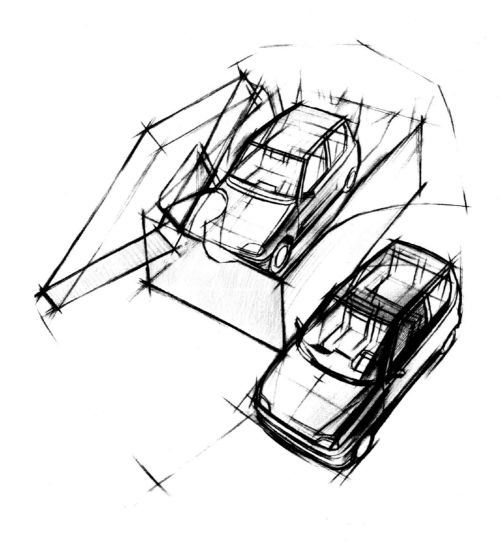

(1) 多色上色练习第一步：根据画面的整体色彩倾向，先用彩色铅笔铺大体色以便确立大的色彩基调。随后从大处着眼，整体着手，全面铺开，使画面迅速呈现出基本的色彩关系。

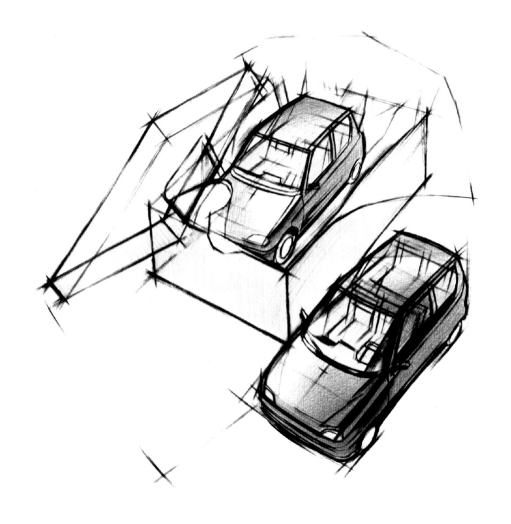

（2）多色上色练习第二步：从画面整体的
明暗、冷暖关系入手，首先要正确判断出光
源色、环境色、反光色的位置及强弱，从而
区分出物体的基本明暗变化，从后往前即：
"天地物，远中近"铺色。在此要注意大的
色彩冷暖推移和逐层变化的关系。

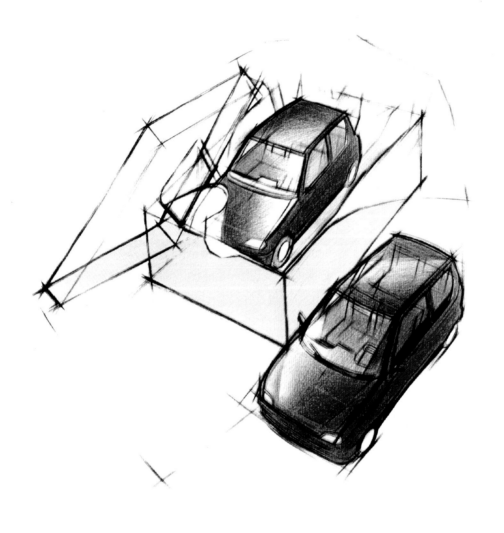

　　(3) 多色上色练习第三步：深入刻画。
有了良好的大体色彩关系和基本的形体变
化，便可进行深入刻画阶段。在一般情况
下，首先从局部入手进而带动其他部分和整
体深入刻画。但在局部刻画时，必须有全局
观念，即局部服从整体的要求，拉开主次、
虚实关系。

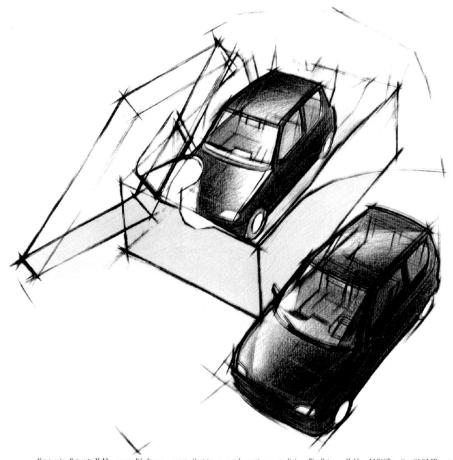

FIATSEICNTO.
IDEALEPOURCOURIRLAVILLE.

Voici notre Seicento Hobby, un modèle "passe partout", **extrêmement citadin**. Sa petite taille vous permet de vous faufiler et de vous garer sans encombre. Son intérieur spacieux et lumineux vous offre un confort et une habitabilité incroyables pour une voiture de cette catégorie ! Son équipement est luxueux : autoradio K7 RDS autoreverse à façade amovible, vitres avant électriques, condamnation centralisée des portes et banquette arrière rabattable 2/3 - 1/3. Pour votre sécurité, la Fiat Seicento Hobby est dotée d'un Airbag Fiat® conducteur, de ceintures de sécurité munies de prétensionneurs et de l'antivol Fiat Code. Son moteur Fire 1100 procure un grand plaisir de conduite et vous permettra de vous échapper de la ville...

Fiat Seicento Hobby : 44 900F, tarif au 01.03.99 AM 99 Prime Qualité Fiat de 5 000F déduite pour la reprise de votre véhicule (Prix Net : 49 900F). Gamme Seicento à partir de 39 700F, tarif au 01.03.99 AM 99 Prime Qualité Fiat déduite (Prix Net : 44 700F). Version présentée : Série Hobby. Offre valable jusqu'au 30.06.99 dans les points de vente participants.

FORMULA Pour toute information : 0 803 016 026 N° Indigo (0,99F la minute)

LA PASSION NOUS ANIME. **FIAT**

  （4）多色上色练习第四步：调整完成。在最后的调整完成阶段，要求我们再一次从整体出发，宏观地调整处理整个画面。首先，我们应该把作品和临本并排地放置较远处，静下心来细心揣摩你所画的习作和临本还有多大差距以及当初的想法是否全部实现了？总体来讲，一张好的速描淡彩作品应该色彩布局合理，空间层次清晰，形体表现充分，主次明确，色调统一。

（二）化妆品广告绘画步骤

用彩色铅笔上色时，一般总是一色一色地叠加，并利用色彩的空间混合来完成画面的，这和水彩、水粉颜料画前调制色彩有很大区别。因此在画彩色铅笔色彩时，首先要分析一下所画的临本的整体基调和色彩的倾向性，先找出需要最先上的色彩。

例如：这幅化妆品广告，画中的图形是人物头像。人物头像的头发、面容、手、化妆品，均含有"浅黄色"，因此在上色时首先应选用"浅黄色"把整体色彩涂上。

上浅黄色时要注意形体的立体关系和物象的结构走向，其线条要顺其结构走，并画出立体关系。在此基础上再把橘黄色逐渐加上。

在此基础上，为了加强面部、头发的立体感，面部按照其明暗、结构用笔；头发的暗部加上赭石、群青、紫罗兰色加以深化使其形象生动。

L'

O

R

E

A

L

PARIS

Elnett

La plus fine des laques

　　在整理完成阶段，应首先检查一下画面
的整体效果，看看画面整体的色彩基调是否
合理；人物的立体关系是否塑造出来，做到
心中有数再挥笔完成。

（三）《DIOR》化妆品广告绘画步骤

（四）《 BOVRIL 保尔牛肉汁》广告图例

BOVRIL

Pievents that Dinking feeling

三、彩色铅笔的练习图例

TOSHIBA

尾瀬の水の力

《TOSHIBA东芝品牌》广告速描

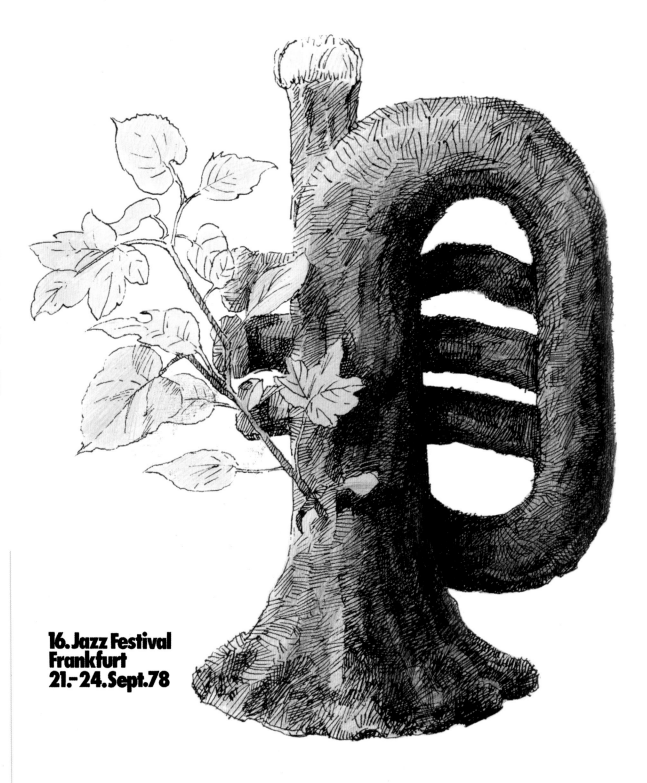

16. Jazz Festival
Frankfurt
21.-24. Sept.78

Kimberly Elise Shemar Moore Cicely Tyson Steve Harris Tyler Perry

Tyler Perry's
Diary of a Mad Black Woman
IN THEATERS FEBRUARY 2005

Crate&Barrel

Mammea americana excelsa

Mother's day
Arrangements

《母亲节》美国Crate &Barrel公司 广告速描

scover in the forest

In het bos valt nog
zoveel moois te ontdekken

《保护动物》广告速描

广告美术基础

《皮尔·卡丹香水》广告速描

160

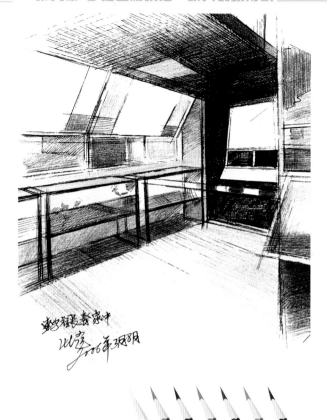

《汽车展示》速描

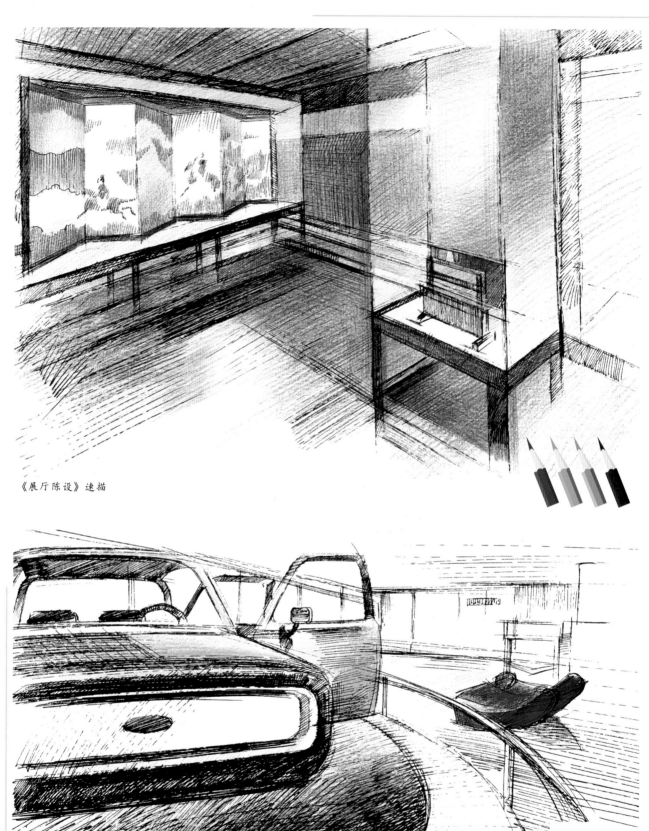

《展厅陈设》速描

《汽车展示》速描

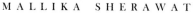

MALLIKA SHERAWAT

《电影录像带促销广告》速描

电影《神话》广告速描

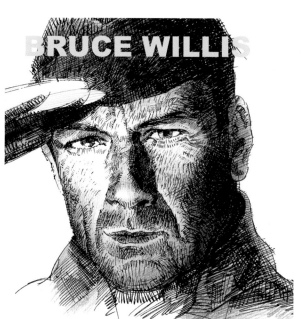

电影《HART'SWAR》广告速描

电影《迫在眉睫》广告速描

GUANGGAOMEISHUJICHU

《FLOWER GENICS品牌》广告速描
色彩绘制小技巧

　　把绘制完的色彩稿利用扫描仪转为电子文
件，并在电脑中的Adobe Photoshop软件作背景
色彩填充。这样会产生意想不到的效果。

《爱莎加丽活发膜》化妆品广告速描

《PERRIER矿泉水》广告速描

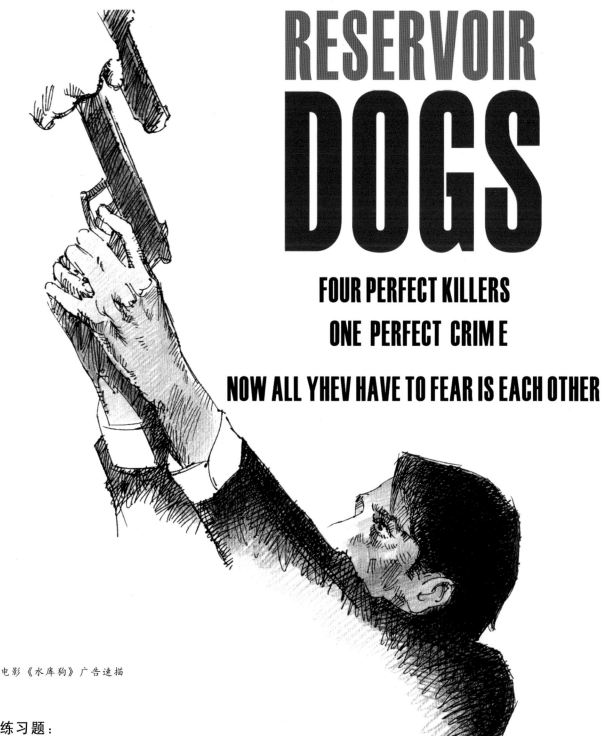

RESERVOIR
DOGS

FOUR PERFECT KILLERS
ONE PERFECT CRIM E

NOW ALL YHEV HAVE TO FEAR IS EACH OTHER

电影《水库狗》广告速描

练习题：

1．将彩色铅笔按照"冷—暖、深—浅"
摊开，在一张白纸上平涂了解其性能。

2．将画好的广告速描习作复印多幅，并
裱在画板上，做单色、双色、多色练习。

3．将彩色铅笔练习图例中的作品，做
"品临"练习。

第四节 麦克笔的表现技法

麦克笔由于其色彩丰富，作画快捷，使用简便，表现力较强，而且能适合各种纸张，省时省力，在近几年里成了设计师的宠儿。麦克笔的样式很多，在此介绍两种常用的类型。

一、 水性麦克笔

水性麦克笔，没有浸透性，遇水即溶，绘画效果与水彩相同。笔尖形状有粗头、方头，适用于画大面积与粗线条，尖头适用画细线和细部刻画。

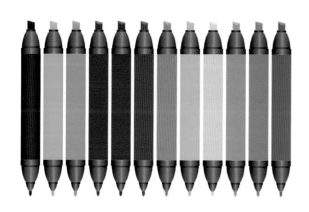

《Nationale—Nederlanden》广告速描

二、油性麦克笔

油性麦克笔具有浸透性，挥发较快，通常以甲苯为溶剂，使用范围广，能在任何表面上使用，如玻璃、塑胶表面都可附着，具有广告颜色及印刷色效果。由于它不溶于水，所以也要与水性麦克笔混合使用，而不破坏水性麦克笔的痕迹。 麦克笔的优点是快干、书写流利，可重叠涂画，更可加盖于各种颜色之上，使之拥有光泽。再就是根据麦克笔的性质，油性和水性的浸透情况不同，在作画时，必须仔细了解纸与笔的性质，相互照应，多加练习，才能得心应手，有显著的效果。

《露华浓Super Lustrous 丽彩唇膏》广告速描

三、广告麦克笔学习方法

（一）《德国概念跑车》广告的麦克笔图例

本节的广告麦克笔色彩的表现技法和前面的彩色铅笔的表现技法有许多类似的地方，也是着重解决广告麦克笔的快速表现技法。如果说有所不同的话，就是麦克笔的上色不易更改，在上色时更需胸有成竹大胆下笔见好就收。麦克笔的特点就是学习中的难点，初学者绘制广告速描习作时，应按照以下的表现方法进行。

在运笔过程中，用笔的遍数不宜过多，第一遍颜色干透后，再进行第二遍上色，而且要准确、快速。否则色彩会渗出而形成混浊之状，失去了麦克笔透明和干净的特点。

用麦克笔表现时，笔触大多以排线为主，所以有规律地组织线条的方向和疏密，有利于形成统一的画面风格。可运用排笔、点笔、跳笔、晕化、留白等方法，需要灵活使用。

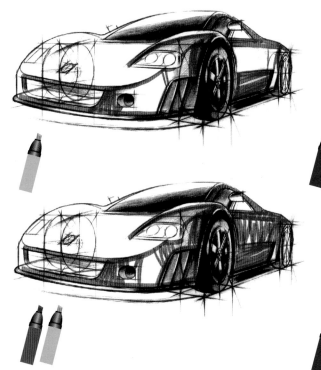

这幅"德国概念跑车"广告画中的主体色彩是红色，我们可以选用红色来塑造形象。先将原作的复印稿裱在画板上，这时的纸平整便于运笔。

首先根据车体的形体特点从背光的部分把大体的结构、明暗调子快速勾画出来并逐层深入，用笔要根据车的结构有所变化，要注意线的疏密，切勿把线勾死要留有余地。

在逐渐深入时，可根据车的明暗关系逐渐向受光部分过渡但不要画死。同时再把冷色如挡风玻璃、阴影等部分的色彩画上去。

这幅德国跑车广告从形式到内容均向受众传递着快的理念，所以在具体的表现形式上最好用直线表现为佳。

（二）《哈尔滨啤酒》广告图例

哈尔滨啤酒

中国最早的啤酒 SINCE 1900

《哈尔滨啤酒》广告主要以红色为主,尤其是拉车疾驶的枣红群马更是绚丽夺目,因而我们首先选出多种红色系中的不同深浅的麦克笔并用较浅色彩按照马的结构、动势、骨骼、明暗快速把色彩画上。

浅红色上完之后,就可以在此基础上根据马的结构动势、骨骼、明暗把深红色画上去,这一步至关重要,特别是在表现马的骨骼上一定要落笔慎重快速。

第三步主要是画后面的欧式建筑,此建筑的色彩是上重下浅,我们可根据这一特点选择三色麦克笔即:深、中、浅,并按照深、中、浅的次序将建筑色彩画上。画建筑色彩时要注意色彩之间的衔接需快速,否则色彩干了就不易接上了。

最后一步主要是全面整理阶段,首先要检查一下画面的效果如何?有没有花乱的想象?另外画面的主体部分是否突出?是否需要强调?同时不要忘了还需把欧式建筑的宝石绿根据其结构画上。

（三）《秋菊打官司》广告的绘画步骤

麦克笔人物色彩比静物、植物等难画，这是由于人物的结构关系复杂不易掌握。在画"秋菊打官司"这幅作品时，首先选面积较大的灰绿色头巾，按照头巾的结构关系、深浅变化将其画上。

头巾的灰绿色画好之后，再用蓝色根据立体关系将头发画好。

按理说中国人的头发是黑色，理应用黑色将其画上，但事实并不尽然。由于天光和各种环境色的作用，黑头发已不是黑色了。

头巾和头发的色彩画完之后，就可以画脸部的色彩了，画脸部的色彩时要注意头部的结构关系。

LION D'OR

PRIX DINTERPREYAYION FEMININE -VENISE 92

秋菊打官司

Qiu ju un femme chinoise

在最后完成时，最好先从整体入手，全面观察一下你所画的形象，还有哪些不到位、不准确的地方并加以修正，同时就可以用粉红色将衣服的色彩画出。

四、麦克笔练习图例

TOSHIBA

尾瀬の水の力

《TOSHIBA东芝品牌》广告速描

《碳土芳香—威士忌》广告

《CALOLINE法国化妆品》广告速描

Crate&Barrel

GUMP'S
SAN FRANCISCO
1.888.207.2158

DIANA HEIMANN **PLATINUM**
PLATINUM&PEARL DROP EARRINGS · PLATINUM FLOWER EARRINGS · PLATINM WREATH PENDANT WITH CHAIN

Mammea americana excelsa

Mother's day
Arrangements

《GUMP'S饰品》广告速描

《母亲节》美国Crate＆Barrel公司 广告速描

GUANGGAOMEISHUJICHU

电影《企鹅日记》广告速描

Something Wicked This Way Comes.

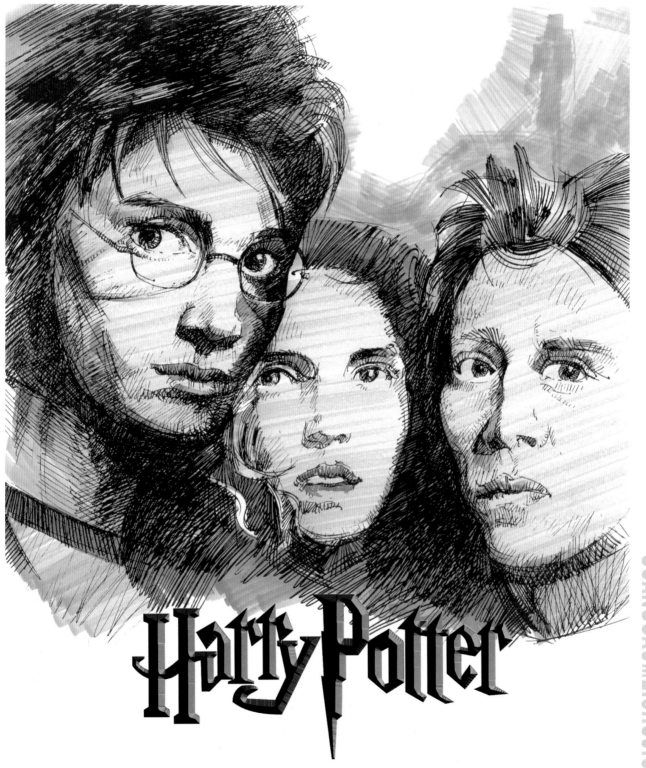

电影《哈里波特》广告速描

TOM HANKS

THE GREEN MILE

From the Direcror of "The shawshank Redemption"

电影《绿里奇迹》广告速描

电影《狂野骑士》广告速描

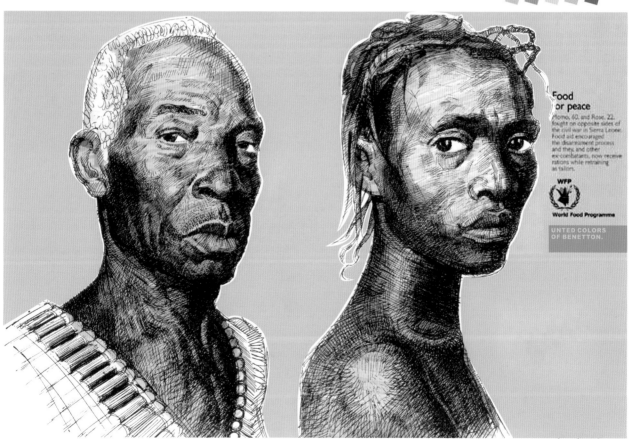

《贝纳通公益广告》速描

《依云天然矿泉水》广告速描

电影《征服天堂》速描

ETHAN HAWKE LAURENCE FISHBURNE

ASSAULT ON PRECINCT 13

UNITE AND FIGHT

1.21.05
FROM THE PRODUCER OF TRAINING DAY

电影《征服天堂》速描

电影《征服天堂》速描

FIGHT FOR YOUR COUNTRY

COMBATFLIGHTSIMULATOR

电影《征服天堂》速描

Puro

ORIGEN

El icono del indio de nuestya etiqueta simboliza la tyadicion de ar su cuidada elaboracion. Viejos secetos guardados celosamente desde hace mas de 400 anos. En cada botella se esconde toda la magia del paraiso del ron. Un hechizo donde el agua, el fuego, y la tiena son los autenticos prolagonistas.

Puro Ron de Venezuela.

电影《征服天堂》速描

JAMIE FOXX COLN FARRELL

MIAMIVICE

电影《迈阿密风云》招贴广告

我机器人
i,ROBOT

MICKEY ROURKE

BOBHOSKINS ★ ALAN BATES

REQUIEM
PORLOS QUE VAN A MORIR

LORION

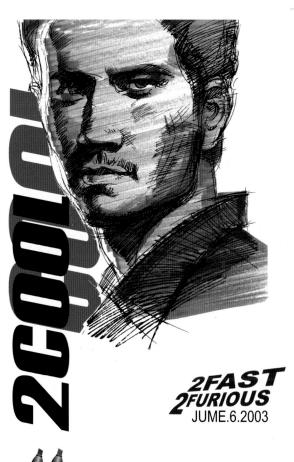

2FAST 2FURIOUS
JUME.6.2003

GUCCI
ENYY

CABY GRANT IN GRACEKELLY
ALFRD HITCHCOCK'S
ÜBER DEN DÄCHERNVON NIZZA

练习题：

1. 用麦克笔在一张白纸上排线、平涂练习以便了解其性能。

2. 将画好的广告速描习作复印多幅，并裱在画板上，做麦克笔单色、双色、多色练习。

3. 将麦克笔练习图例中的作品，做"品临"练习。

第七章 探究构图原理
创造和谐画面

当每一位广告设计师，满怀激情拿起画笔，准备把自己的广告创意构思，赋予纸面的时候起，广告构图就已开始了。平面广告设计是一种视觉形象语汇的组织过程，广告设计师的创意构思是通过具体的形象载体进行传播的。而具体的形象语汇的推演过程，是通过广告构图完成的。因此，"构图体现创意，创意决定构图"。广告"创意"与"构图"，正是在这种不断推演循环的过程中，一件件完美的广告作品便产生了。

平面广告构图是研究平面广告构图规律的一门边缘性交叉性的新学科。它的真正目的就是探索和研究平面广告的形态语言和表现方式，以及如何运用形式美法则来体现广告设计师的情感。由于平面广告构图又是研究视觉心理的一门科学，自然涉及广告视觉心理学、广告色彩心理学以及广告美学等诸学科。在科学技术广泛分支和高度综合的今天，认真学习和研究平面广告构图则显得十分重要。

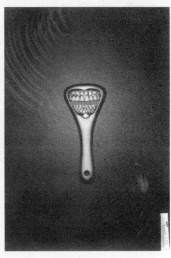

《TOUGH LINE》护齿产品广告 奥美 《丑小丫》

广告作品虽然不是纯艺术，但是它还不得不借助艺术手段来进行有效传播，因此广告在表现形式上还必须受艺术的"法理"所左右。特别是在市场经济飞速发展的今天，广告设计的发展如日中天，因此急需相应的广告设计理论加以辅佐，广告构图理论便应运而生。认真学习和掌握广告构图方法和理论，对于提高我们广告专业学生的综合素质是完全必要的。

第一节 广告构图的概念和任务

一、 广告构图的含义

广告构图是广告设计师为了表现广告创意及美感，在特定的空间内来安排和处理与广告创意相关的商品、标识、文字等，从而组成一个完整的便于有效传播的视觉形象。换句话，广告构思就是根据广告创意和广告设计者的意图，"对画面的各种形式语言即布局、形态、比例、空间、色块、体积、线条等在有限的平面上进行结构经营的技巧"[1]。

注释：[1] 蒋跃 《绘画构图学教程》

《水主题公园的户外》广告 奥美 《丑小丫》

二、广告构图的任务

按照哲学观点"手段是为目的服务"。广告构图是广告设计的重要组成部分，它是体现展示广告创意构思的手段，是为广告策划、创意、营销目的服务的。换言之，广告构思的任务就是运用恰当的艺术表现手段来充分表达广告设计师以及全体广告创作人员的创意构思。它既要挖掘出广告作品的鲜明个性，又要充分寻找出完美的表现形式，在有限的空间中，对广告的视觉形象进行排列、组合、穿插，形象鲜明地体现广告创意和广告主题，使受者和消费者引起注意，从而唤醒其欲望，产生共鸣，引发行动。

《一定是喝了吉尼斯黑啤酒》 奥美 《丑小丫》

《没有什么能像这条技艺高超的鱼这样打开一瓶白葡萄酒》
奥美 《丑小丫》

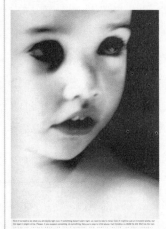

《反对虐待儿童》的公益广告 奥美 《丑小丫》

三、广告创意与广告构图

"有图必先有意，无意不能有图"，这里的"意"就是创意，正如中国画论所言："必先立意，然后章法是也"[1]。这里的章法就是构图。创意和构图是相互促进互为表里的。创意起始于广告设计者对调查资料的积累和捕捉，从而捕捉出相关主题和设计点，而构图是将创意的抽象思维转化为可视的视觉形象的过程。有时构图又是对创意的一次次验证，以及校正创意构思的方向，从而使创意构思一次次的深化和明朗。好多优秀的广告作品均在"创意与构图"、"构图与创意"的不断推敲中产生。从奥美公司所著的"丑小鸭"一书中所提及的案例制作过程，我们可以明显的看出创意与构图的关系。这些优秀的广告创作过程，无不揭示着"冥思苦想、惨淡经营"的良苦用心。

注释：[1] 蒋跃 《绘画构图学教程》

广告美术基础

第二节 广告构图形式与视觉心理

一、点的构图形式与视觉心理

1．点的形态与视觉心理

点的形态多种多样，有圆形、方形、多角及各种不规则的点。点的形态不同其视觉心理就不同。圆点：在古希腊时期被认为最完美的图形，由于其外形是由曲线连接而成，形象完整而饱满，给人一种圆滑而极具运动感。方点：其性格正好与圆点相反，具有冷静，直爽稳定及耿直的视觉心理。多角点：由于外形是由多个锐角不规则组成，给人一种紧张，爆破，冲击的视觉心理。

《HP—AL7》广告

《BNPPARIBAS》广告

《ADC展览》广告

《鳄鱼牌服装》广告

《AQUA护肤》广告

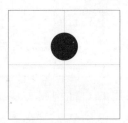

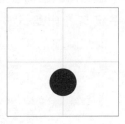

2．点的空间位置与视觉心理

点在特定的空间位置不同其视觉心理就不同，点处在画框的中央部，由于上下左右的张力都是均等的，因在该点就失去了自由的空间而显示死一般的寂静。此点如能左右、上下移动一下皆全盘活也。

点处在中央的上部，由于其所处的位置距离下方较远而离上方较近，因此该点具有一种浮云直上的视觉心理。

点处在中央的下部，由于其所处的位置距离上方较远，离下方较近，因此该点具有一种逐渐下沉的视觉心理。

由于人们视觉习惯点是最能引人注意的，也最能吸引人的目光。因此在构图中为有效地吸引人的注意力设计师往往把最紧要的物象部分制成一个个亮点。

二、线的形态与视觉心理

1．线的形态与视觉心理

线具有引导人的视线的作用。人的视线会伴随着线的起伏而起伏，线运动而运动，线的结束而终结。不同的线具有不同的视觉心理。直线，具有一种刚毅，坚强，明快，爽朗的视觉心理，因此它具有男性的性格特征。曲线和直线相对具有柔软，优雅，婉转的视觉心理，因此它具有女性的性格特征。以上两种线一般是指在规矩条件下形成的直线或曲线，和徒手画的直线和曲线相比不具有表现力。

谈到徒手绘制的线就会使人想起中国画中的十八描，它们形态各异风格有别：有的刚健有力，力透纸背；有的轻如浮云，随风摇曳；有的沉着冷静，含而不露；有的活泼奔放，洒脱自如……从而营造出具有丰富多彩物象的中国画卷，令人叹为观止。被现代推崇备至的现代派的线描，均隐藏着中国十八描的身影。

《骑士巧克力》广告

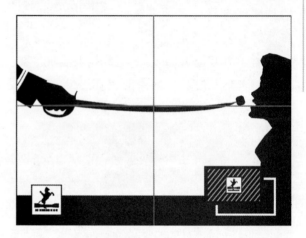

2．线的空间位置与视觉心理

（1）水平线的空间位置与视觉心理。我们所用的画纸的上下边线就是水平线。如果在画纸的中央画一条水平线，由于我们的生活经验和视觉习惯的干扰，这条水平线就会使我们联想到一望无际的地平线海平面，使人产生一种安静、舒展的视觉心理。但这条水平线不宜放在画纸的中央，因为由于上下比例均等、力量均等会给人造成一种呆板和图形中央折断的感觉，上移一点或下移一点都会打破这种僵局使腐朽化为神奇。

水平线构图在广告设计中是设计师经常采用的一种构图方法。它的作用是：传递平静平稳感给人一种安静祥和的视觉效果，表现平坦与开阔给人一种舒展自如的视觉效果，抑制画面的骚动给人一种动中求静的视觉效果。

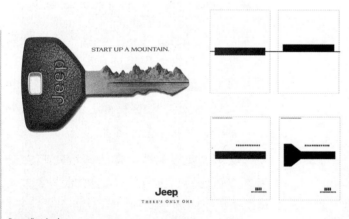

《Jeep》广告

《标致轿车》广告

192

（2）垂直线的空间位置与视觉心理。我们所用的画纸的两边就是垂直线，垂直以其表面形态，会使人联想到灯塔、高压线塔、摩天大厦、高山峻岭、人民英雄纪念碑等，给人以高大挺拔，刚直不阿的印象，同时还会给人一种上升或下降的感觉。

垂直线广告构图也是广告设计师经常采用的方法。它的作用是：表现高大挺拔、庄严肃穆，以及秩序严肃。在广告构图时，这条垂线也不宜摆放到画面中央，因为那会给人呆板的感觉。

电影《爱情与篮球》广告

《绝对伏特加》广告

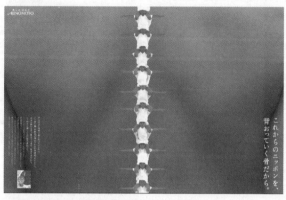

《加钙味之素》日本 电通

《兄弟牌办公设备》广告

《MONTECILLO西班牙酒》广告

电通的这幅加钙味之素平面广告，非常有创意，将一群笔直的叠罗汉少年与人体的脊柱重叠在一起，使人产生无限的联想并赞叹其创意的高超。

《万宝龙钢笔》德国

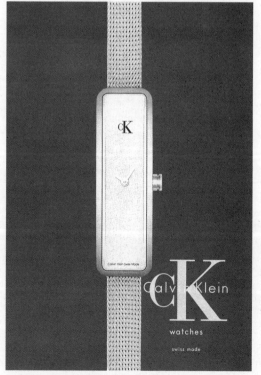

《Ck手表》瑞士联营

《重件 轻易送到中国》 联邦快递

《保护环境公益广告》 戛纳获奖作品

CITRUS ON A NEW WAVELENGTH

TONIC. JUICE. ROCKS. RIGHT. NOW.

《BACARDI LIMON》广告

《Polo汽车》广告

《世界离你很近》国际先驱导报广告

《化妆品》广告

（3）倾斜线的空间位置与视觉心理。斜线即倾斜线，它可能是水平线的倾斜，也可能是垂直线的倾斜。不同性质的倾斜线具有不同性质的视觉心理。如果它是水平线的倾斜线的话，会给人一种惊险运动、速度的视觉心理，如果它是垂直线的倾斜线的话，会给人一种危险、倒塌、动荡的、严峻的视觉心理。

斜线在广告设计中，也是设计师经常采用的构图方法，它的构图作用是表现运动和速度、动感和不稳、震撼和眩晕。

（4）曲线的空间位置与视觉心理。曲线，连绵起伏不断的线为曲线，曲线因转折的舒缓急促的不同，而令人产生不同的视觉心理。连绵不断转折舒缓的线，给人的印象是轻盈柔软、跳跃流畅似高山流动的溪水又似绵绵不断的云烟，而起伏转折急促的曲线，则会给人以婉转畅缓有张有弛的视觉心理。

曲线和直线相比更具有情感。如果说直线是理性的话，那么曲线就是感性的。形式婉转的曲线要比笔直的直线富有节奏和韵律。

曲线在广告设计构图中也是设计师经常采用的方法，它在构图中的作用：使画面富于变化和流动感。在曲线的构图的形式美当中，S形曲线的构图是众多曲线美当中最为基础的范例之一。S形曲线构图形式即是中国画构图的常用形式，又包含着朴素的辩证观念。其最为典型的体现则是中国道家的太极图，中国的太极图，就是由"S形盘旋运转，首尾相连，既密不可分，又合中有分，分中有合，动中有静，静中有动，黑白互现，虚实相生，对立统一，相辅相成。如将其作为绘画构成来看，它包含着绘画艺术的全部原理"[1]。

注释：[1] 韩玮 《中国画构图艺术》

《太极图》　　　　《日本轮回》

《富士产品》广告

《夏奈尔钻戒》广告

《杰克逊瑞格尼亚加拉冰酒》广告

三、面的形态与视觉心理

1．面的空间位置与视觉心理

面，可根据不同形态可分为圆形面、扇面、方形面、角星面、三角面等。下面我们就不同的面在广告构图中的不同视觉感受分别论述一下。面也可以理解为点的增大，线的加宽，因而有些看似点或面也带有相应的性格特征。如：圆点与圆面，直线与直线面，斜线与斜线面。

2．三角形面的空间位置与视觉心理

三角形面在广告构图中由于放置的空间和位置不同，其视觉心理是不同的。正置的三角形面由于其外形酷似山峰，因而给人的视觉感受是稳定的，同时正置三角形面是大家俗称的"金字塔"形，给人以庄重、沉静、稳定感。在广告设计构图中代表一种品质和性格。倒置三角形面，由于其一点支撑，上大下小，其视觉感受极其不稳而极具动感。

电影《V字仇杀队》广告

《标致406》平面广告

《亨利五世》电影广告

《ADG电灯》（1910 德国）格罗佩斯

3．圆形面的视觉心理

圆形面由于其形态无起点无终点无方向，张力均匀，因此给人以圆滑、饱满、团圆、完整的视觉心理，如果广告是一个圆形构图，人们的视线会不自觉地产生一种寻找圆心的强烈欲望，而圆心往往又是创意设计的核心点，一些标题文字、标志、品牌名称、诉求点等，均放在圆心中。

《Louise Fili》广告

《绝对伏特加》广告

《ALERNA》广告

《OK WAP手机》广告

《A&T首饰店》广告 台湾

A&T是特殊的圆形构图。图中的项链在构图中不仅是圆形，而且也起到视觉引导线的作用。欣赏者可以沿着其指导的方向来解析创意主题。

《LG8280手机》广告

4．十字面形的视觉心理

我们所说的十字形构图实际上就是水平线与垂直线相交而形成的画面。这种构图自然而然让人联想到"十字架"，平静中渗透着肃穆，安详中蕴涵着庄严。平整的直线与挺拔的垂线相互交织而成的结构，其视觉的稳定感是显而易见的。

但十字形构图一旦倾斜，就具有水平倾斜线和垂直倾斜线的共同性质，给人以动荡不安和不祥的感觉。

《纽约建筑师协会》广告

《绝对伏特加》广告

《阿尔菲》电影广告

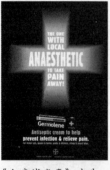

《止痛消炎膏》广告

《绝对伏特加》广告

《末世圣童》电影广告

《兰姿》法国著名皮具品牌　广告

四．经典式构图与视觉心理

经典式构图与其他各种构图形式截然不同，是利用已有的经典作品为蓝本，大胆地将其形式表现手段和技巧，甚至将其拿来略加修改为我所用，利用经典作品在受众心理的特殊定位从而提升自己的广告诉求。

例如：日本著名的设计师福田繁雄将万国旗拼接为"永远的微笑"，利用达·芬奇的"蒙娜丽莎"在众人中的亲和力巧妙地传递着"和平"的永恒主题。又如：夏奈尔香水广告，在这幅广告的构图中有一位体态优雅，亭亭玉立的少女双手将夸张的香水瓶举在头侧。香水自然流淌，形成一条时断时续的曲线，该曲线正与女子的体态曲线吻合。此番造型会让人自然而然想到安格尔的著名作品"泉"。广告设计者正是利用安格尔作品"泉"中的人物造型姿态来表现夏奈尔香水经典的主题。

《泉》法 安格尔

《夏奈尔香水广告》

《蒙娜丽莎》 达·芬奇

《万国旗拼接的蒙娜丽莎》 日本 福田繁雄

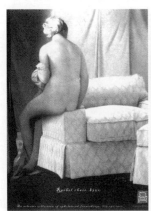

《沙发广告》

《瓦尔邦松的浴女》 （法） 安格尔

《自由女神引导人民》（法）德拉克罗瓦

《梦》（西班牙）毕加索

《QUESL》广告

《为了祖国，前进》体育用品公司广告

第三节 广告构图原理与形式美法则

我们前面讲的广告构图形式美与视觉心理主要是讲"布势"，而我们现在讲的广告构图中的物象布局与视觉心理则是讲"置陈"，即广告物象在空间中的"布置陈设"。"置陈"是为了"布势"，"布势"左右"置陈"。"布势"讲究的是视觉感受，而"置陈"则是具体的物象安排，没有"布势"谈不上"置陈"，没有"置陈"也无"布势"可言，可见二者之间的关系是互为表里，相辅相成，相互依存的。

布局来源于物象的取舍，无取舍便没有布局，更没有办法达到"布势"之变。然而取舍，必须合法理，有了取舍，布置方可得心应手。

《新甲壳虫 过目难忘》广告

《化妆用品》广告

《Jockey Boxer》短裤广告

《好想好想谈恋爱 欲望都市》广告

《雷诺微型车》广告

一、 奇偶聚散 相辅相承

"聚散可构成疏密。聚则密，散则疏"[1]。聚散与疏密既相通又有区别，它们的区别在于聚散过多地讲广告构图中的物象布局的疏与密。广告物象中的聚散更多的侧重于奇偶相参，"奇即单数，偶即双数，奇数的排列有聚散，因而也就有了疏密，奇数为了求变可以防止对等，聚散也就有了变化"[2]。因此广告构图主张"求奇不求偶"和"变偶为奇"。

注释：[1] [2] 韩玮 《中国画构图艺术》

二、 虚实疏密 有张有弛

　　虚实疏密在广告构图中有着独特的含义和规律。虚为空白，实为物象，而疏密则是物象之间的排列关系。实者外露也，它是客观物质的形态，"因而易于注目；虚者是空白，是画中无画之处，因而易于疏忽。故实者易，虚者难。虚实物象之有无，以虚托实，实为虚而生。"[1]虚为实而存，但贵在实中有虚，虚中有实，以实显虚，以虚求实，实虚兼备，各居其位，各安其职，从而使广告构图带有很强的主观性。疏密，物象之远近。所谓"疏可走马，密不透风"，是说疏和密均可走向极致。但物极必反，如果没有一定约束和法度只能走向极端而毫无艺术性可言。故而密中有疏，疏中有密，有物，有序，虽疏但不漏，以便达到以疏衬密，密中求疏的艺术境界。物象的疏密排列，不仅是指广告中的商品、人物等具体的形象，其中标题文字、文案、标志也是物象之一，因而在广告构图中应把它们全部考虑进去。

注释：[1] 韩玮 《中国画构图艺术》

《汇丰银行》广告

《见光篇》Motorola C300手机 奥美

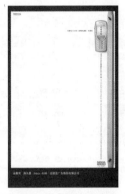

《报头篇》NOKIA6100

《TONI KUNZ首饰》广告

《脱掉衣服之后，你不知道自己是谁》
台湾 意识形态广告公司

　　在一般情况下，我们会很容易理解"虚实"，即有物者为实无物者为虚。然而在具体的广告构图设计中却不能这样简单去理解，有时广告作品中"虚"是为了一定的"诉求"现实精心设计的，这"虚"是作者埋下的伏笔，是为受众留下品味的空间，一旦谜底解开，广告创意就在其中。例如：诺基亚6100手机广告，整幅广告作品大部分空白，只有在广告作品的左边放有报夹和一部6100手机。我们的生活经验告诉我们报夹是夹报纸用的，然而在报夹所夹之处一片空白，在品味中我们豁然明白，有了6100手机天下新闻尽收眼底，正为广告语所说："别看它小小的，你想知道的它都有"。

三、动静相依 相得益彰

广告构图中物象布局的动与静，包含两方面，一是可动的形象，例如：人物、动物、车辆等；二是静态物象的动势趋势的形象。动与静是辩证统一的，无静便没有动，无动也不能显静。在画面中只有静而无动必然死而无生气；反之，只有动而无静其画面必然杂而无序。因此我们在广告构图中要理解"动静是一种互补现象，动者要动中传神，静者要静中寓情。就其规律，主静宾动，宾静主动，亦动亦静，无动无静，动者静出，静者动为，动静互依，相辅相成"[1]。只有如此才能互为依存，相得益彰。当画面中的物象皆为可动的形象时，无非发动为静，动中选静，此时无动的形态更成为动与静的区别。静止物象中的动与静与人们的视觉心理有关。垂直的、平行的物象以静态显现，倾斜的、曲折的物象则以动态呈现。

注释：[1] 韩玮 《中国画构图艺术》

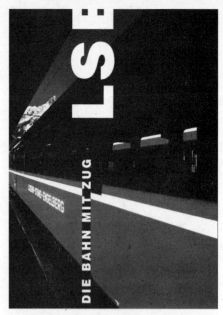

《德国铁路站线》广告

《资生堂香水》广告

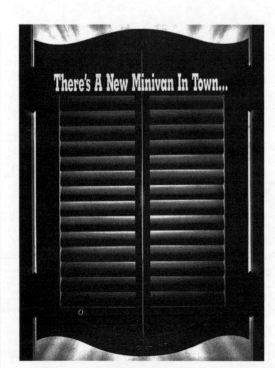

《新款道奇车即将闪亮登场》广告

思考题：

1.谈谈点、线、面在广告构图中的作用。

2.谈谈"奇偶聚散 、虚实疏密、动静相依"广告物象布局中的作用。

第八章　探寻优秀广告
品读名家创意

　　打开，尘封已久的广告设计师的历史画卷，我们仿佛步入了广告的历史星空。那不同历史时期的杰出广告作品，似镶嵌在广告历史星空中的璀璨明星，并伴随着作者的身影一起映入我们的眼帘。

　　这里不仅有分离派画家——克里姆特，还有靠自学成才的天才插图画家——比亚兹莱。不仅有最先把绘画语言转化为设计，被誉为法国现代招贴之父——谢雷特，还有后印象主义画家——劳特雷克。不仅有超现实主义图形变换大师——马格利特，还有超现实主义怪才——达利等，真可谓美不胜收，异彩纷呈。

A toutes les femmes de la Terre,
belles comme une rose.

バラのように魅力的な
実在するすべての女性たちへ

《酒的广告》速描

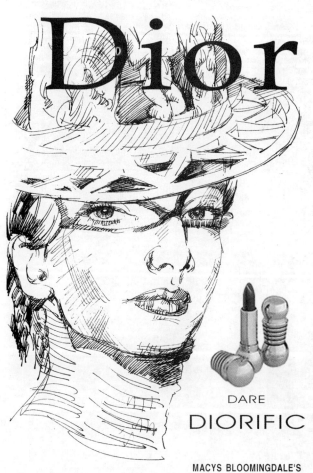

DARE
DIORIFIC

MACYS BLOOMINGDALE'S

《迪奥DIOR化妆品》广告速描

　　国外广告设计师群星争奇斗艳，国内广告设计师也群星荟萃耀眼依然。这里不仅有以中国画出道的月份牌画家——周慕桥、丁云仙；还有以水彩画出道的月份牌画家——徐咏青、郑曼陀；这里不仅有月份牌设计师——杭稚英、金雪尘、李慕白；还有月份牌王——关惠家以及中国画泰斗——叶浅予……。真可谓目不暇接，其视觉的冲击力直击我们的心灵，令我们过目难忘。

　　由于篇幅所限我们只好按着时代的脉络，略拾几颗以饱学习借鉴之用。好，现在就让我们步入广告历史的星河，通过大师的作品去感悟大师们精湛的广告艺术造诣吧！

第一节 国外设计师优秀作品品读

一、天才的插画大师——比亚兹莱

图片选自紫图大师图典丛书编辑部 编著的《比亚兹莱大师图典》

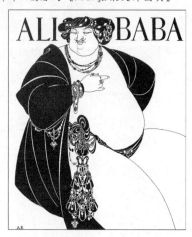

《萨伏伊第一期封面》 1896　　　　《黄面志》 海报 1894

二、新艺术招贴巨匠——阿尔丰斯·穆夏

图片陈辅国等编辑《阿尔丰斯·穆夏》

《喷雾式香水招贴》1896　　　《穆斯河牌啤酒招贴》1897　　　《虞美人沙龙设计展海报》1897

三、红磨坊招贴画家——劳特累克

图片选自邹加勉编著《海报百年》

《大使》戏剧演出海报 1892　　　《MOULIN ROUGE》戏剧演出海1891　　　《咖啡馆海报》1891

广告美术基础

四、超现实主义画家——达利

图片选自罗伯特·休斯撰文《达利》及达利著《达利谈话录》

《堂吉柯德插图系列》

《沉思的加拉》

《法国铁路海报》1969

五、波普艺术家——安迪·沃霍尔

图片选自何政广主编《安迪 沃霍尔》

《开罐前请密封》 1962

《康宝浓汤罐头》 1962

《一卷钞票》 1962

六、当代视觉诗人——冈特·兰堡

图片选自林家阳主编《国际广告设计大师丛书—冈特·兰堡》

《奥塞罗》招贴 1978

《南非轮盘赌》招贴

《卡塞尔国际女音乐家节招贴》

第二节 国内设计师优秀作品品读

一、著名月份牌画家——杭稚英

图片选自赵琛著《中国近代广告文化》

《晴雯撕扇》月份牌

《倾银盆两笑留情》月份牌

《白马 足球牌》 月份牌

二、视觉设计大师——林家阳

图片选自林家阳著《设计创新与教育(林家阳的设计视野)》

《国—传统与文化》林家阳

《天—传统与文化》林家阳

《安—传统与文化》林家阳

三、视觉设计大师——靳埭强

图片选自汤一勇编著《招贴设计》

《我的香港招贴》

《第三届亚洲艺术节招贴》1978

广 告 美 术 基 础

闭卷静思

《广告美术基础》是在疑惑中著纲，甘露中立意，激情中著文、插图，经过四年的酝酿，近两年的伏案挥毫、录入电脑，终于在2006年7月完成了第一稿。为了检验该书的可行性、科学性、专业性，我在2006级和2007级广告学专业复印使用。通过一个半学年的检验和对教学中得与失的总结，重新对一些章节合并、增添和删减，使之更适合广告学专业学生之用。

2007年10月15日深夜，随着最后一页的翻过，此书定稿。望着地板上隐约可见的落发，我明白此书宛如"十月怀胎一朝分娩"的"新生儿"，就要与我的读者见面了，真有一种浑身轻松如释重负之感！

在此，我首先要感谢我的祖母黄海源，正是她生前的谆谆教诲才使我一次次从低谷中奋起，向既定目标前行。同时我还要感谢《广告美术基础》课题组的李波老师、李红蕾老师、韩立国、付淑峦老师为书稿撰文、插图所作出的努力，以及我的忘年之交郭秋来先生对图书的版式、字体、印张等方面给予无私的帮助，同时还有郝宇女士为此书的国外广告图片所作的翻译，以及黄也平教授、赵凯中教授的认真审稿等。正是有了他们的鼎力相助，才使《广告美术基础》从萌芽走向成熟并最终与读者见面。

特别应当记录的是：2004年9月，教材方案荣幸的被"东北师范大学教材建设立项"选中，这才促成了本书出版。

广告美术基础课，已经成为东北师范大学的精品课。读者可随时登陆东北师范大学的精品课网站进行咨询，并结合本书进行学习。 网址：http://www.nenu.edu.cn/。 同时还可以登录我的博客网站：http://blog.sina.com.cn/jaywong1958 进行互动式交流。

王 均

2006年9月20日 初稿

2007年9月10日 修改

2008年5月15日 定稿

参考文献

[1] 赵运川，安佳著.色彩归纳与写生教程.辽宁：辽宁美术出版社，1980

[2] 王中义，许江著.从素描走向设计.北京：中国美术学院出版社，1999

[3] 陆琦著.从色彩走向设计.北京：中国美术学院出版社，2004

[4] 李成君编著.实用透视画技法.广东：岭南美术出版社，2001

[5] 达利著.达利谈话录.杨志麟，李芒译.广西：广西师范大学出版社，2002

[6] 朱介英编著.色彩学色彩设计与配色.北京：中国青年出版社，2004

[7] 宋飞等著.黑白有形—绘画技法及造型规律.广东：岭南美术出版社，2002

[8] 邹加勉编著.海报百年.湖南：湖南美术出版社，2003

[9] 刘艳娟主编.世界传世广告摄影.吉林：吉林摄影出版社，2003

[10] 紫图大师图典丛书编辑部编著.比亚兹莱大师图典.陕西：陕西师范大学出版社，2003

[11] 何政广主编.安迪 沃霍尔.河北：河北教育出版社，2005

[12] 戴夫·桑德斯著.20世纪广告.何盼盼等译.北京：中国青年出版社，2002

[13] 林家阳主编.国际广告设计大师丛书—金特·凯泽.河北：河北美术出版社，2003

[14] 林家阳主编.国际广告设计大师丛书—冈特·兰堡.河北：河北美术出版社，2003

[15] 林家阳主编.国际广告设计大师丛书—霍戈尔·马蒂斯.河北：河北美术出版社，2003

[16] 泛克，捷人编著.平面广告150年.湖南：湖南美术出版社，2004

[17] 罗伯特·休斯撰文.马格利特.王冰营译.吉林：吉林美术出版社

[18] 罗伯特·休斯撰文.达利.王冰营译.吉林：吉林美术出版社

[19] 罗伯特·休斯撰文.毕加索.王冰营译.吉林：吉林美术出版社

[20] 冯先锋，黄超成主编.大师经典素描毕加索.广西：广西美术出版社

[21] 汤义勇编著.招贴设计.上海：上海人民美术出版社.2001

[22] 陈辅国，孙侃编辑.阿尔丰斯·穆夏.吉林：吉林美术出版社，2007

[23] 韩玮著.中国画构图艺术.山东：山东美术出版社，2002

[24] 蒋跃著.绘画构图学教程.北京：中国美术学院出版社，2003

[25] 朱淳，邓雁编辑.展示设计基础.上海：上海人民美术出版社，2006

[26] 陈新生著.设计快速表现.安徽：合肥工业大学出版社，2004

[27] 林家阳编著.设计创新与教育.北京：三联书店，2002

[28] 张远林，张圆圆投影撰文.巴黎设计速递广告招贴.广东：海天出版社，2005

[29] 欧洲老广告1、2、3、4册.天津：天津人民美术出版社，2004

[30] [法]埃蒂娜·贝尔娜.西方视觉艺术史现代艺术.吉林：吉林美术出版社，2002

[31] 宋东葵著.视觉设计的创意与体现.北京：中国广播电视出版社，2004

[32] 赵琛著.中国近代广告文化.吉林：吉林科学技术出版社